九尾狐餐廳2

約定的蔥薯料理

朴賢淑──著 陳品芳──譯

目錄

CONTENTS

來到老舊的兩層建築

「你不後悔吧？」

「不後悔。」

站在我前面的男子答道，萬狐在那名男子的手掌心上蓋了章。

「你知道規則吧？」

「知道。」

「下一位。」

我站在萬狐面前，盯著他蒼白的臉孔。萬狐的眼神有些動搖，他輕嘆了一口氣。

「采宇，雖然我都自顧不暇，實在沒什麼立場多對別人說些什麼。但我還是得跟你說一句，否則我肯定會後悔。你還是放棄吧！你要是進到現在的世界，絕對會永遠消失。你會變成一縷輕煙消失無蹤。其實只要你努力點，就能夠過上更好的人生，別做放棄大好機會的蠢事才是比較好的選擇吧？我啊，雖然希望這世上的傻子能多一些，但我還是覺得你很可惜。」

「沒關係。」

我絕對不會對自己的選擇後悔。

「真是固執，嘖嘖嘖。」

萬狐，是一隻活了上千年的狐狸，他會找出死後仍在等待機會投胎成人的往生者，要求他們出售成為人的可能性。萬狐向他們買下即將到來的全新人生，只要能買到一千個人生，萬狐就能成為永遠不死的鳳凰。

我死了，並接受了審判，得以重新投胎為人，現在正在等待機會。就在等待的第一天，萬狐便找上了我。

「聽說你有機會再度投胎成人。要不要把你得到的新人生賣給我？我不會要你免費出售，這世上哪有什麼免費的事，所以我會支付給你比新人生更好的代價。你前世還有想見的人吧？只要你接受我的提議，我就幫你打聽那個人現在在哪，並讓你去到他所在的世界。不過如果那個人已經死了，那就要等他重新投胎為人，交易才會成立。

這裡的時間跟你還活著的人間不同，這裡的幾天可是人間的數十年、甚至是數百年。怎麼樣？這個提議不錯吧？」

萬狐很紳士，他的語氣中絲毫沒有一點強迫。

「不過啊，無論是這個世界還是那個世界，都是有好有壞、有幸也有不幸，所以並不是你接受了我的提議，就一定只有好處。我最討厭聽別人說我是騙子，所以我就直說了：接受我的提議之後，即使你運氣好可以再見到思念的人，你們能相處的時間也很短。我頂多只能給你一百天，最短可能只有三十天，每個人的時間不同，得看看那個人上輩子活了多久。你仔細想想，有意願再來找我吧。」

萬狐說完他要說的話，便一溜煙消失了。

我趕緊去找萬狐，並告訴他我願意接受提議。

「很好，那我得來打聽一下，那個人是死了，還是死了之後又重生為人了。如果他重生為人，那我還要查查他現在在哪。你等我，這可能會花點時間。你已經死了，已經跨越劃分陽陰兩界的忘川，但即便如此，你仍無法忘記這個人，想必他對你來說十分重要，重要到永生難忘。雖不知道你們是什麼關係，但能遇見我並獲得這個機會，你的運氣真的很好。」

雖然他說會花一點時間，但我等了很久，都沒有等到萬狐的聯絡。偶爾我會遇見萬狐，但萬狐始終沒有給我回應。等待的時間令我焦躁不安，我很害怕萬狐會告訴我，他怎麼也找不到那個人。我想擺脫這樣的不安與焦躁，於是我開始做菜。我的食材只有花與草，而萬狐似乎對我做的料理很有興趣。萬狐的味覺十分敏銳，總是能精準猜出我使用的食材，甚至會評價我所做的料理。萬狐漸漸喜歡上我做的菜，每次路過總會來找我。雖然他嘴上說只是路過，但我從他的眼神中能看出，他是特地來吃飯的。

「有些話我實在不知道該不該說。」

一天，萬狐吃完我做的菜，他露出一副欲言又止的表情，還不時偷看我的臉色。我一眼就看出，萬狐終於找到小雪了。

「你當然要說。」

我緊張地盯著萬狐的嘴看。

「是啊，我是該告訴你。畢竟你跟我的緣分都是來自於這件事。我找到她了，也查出她人在哪了。她已經死過一次又投胎成人了。不過啊，你要不要再仔細想想，她真的有好到值得你放棄新的人生嗎？如果你的新人生非常精彩，那豈不是很浪費？你要放下能活上數十年精彩人生的機會，跟這個人相處一百天，難道不覺得很不值得嗎？那個人已經在過她的新人生了，即使跟你重逢，她也不會記得過去和你共度的回憶。你們的緣分已盡，要不要乾脆就忘了她？其實我如果想集滿一千個人生，就不該這樣勸你，不過我在你這邊吃了很多美食，我也是懂得感激的。」

萬狐勸我改變想法。

不過別說是數十年了，就算是上千年、上萬年的人生，我也願意交換。我可以毫不留戀地放棄那無比精彩的人生，因為我必須見到小雪，我必須遵守跟小雪的約定。

萬狐看著我的臉看到出神。他的臉上充滿了惋惜。

「你真的不會改變想法嗎？」

「不會。」

我點頭。

「你為什麼非見她不可？」

「很多原因，這說來話長，要說的話我得從頭到尾講一遍。故事這麼長，我要怎麼完整說給你聽？不過我可以跟你講其中一個最重要的原因，那就是我想跟她說：『我喜歡妳。』我雖然喜歡她，但從來不曾對她說過這句話。除了這句話之外，我還想告訴她，我把未完成的料理完成之後，就不會再有任何的不幸了。」

「我聽說喜歡並不一定要說出口，對方也能感受得到。」

「話是這樣說沒錯，但我想要用說的，想面對面說給她聽。」

我曾經告訴小雪，「蔥薯羅曼史」完成的那天，我有話要對她說。小雪似乎也已經猜到我想說的是什麼，我可以從她嘻嘻竊笑的模樣看出來。小雪一直在等我，但我卻死了，沒能遵守約定。

「如果你真的這樣想，那我還能說什麼呢？是我不該跟你提議這件事。好吧，希望你能跟你思念的人見面，完成你的心願。」

啪一聲，萬狐在我手上蓋了章。

「這個印章的痕跡就是你的生命。隨著你在陽間的時間越久，印章的痕跡就會越來越模糊，在你要消失的前一天，印章就會只剩下最後一條線。隔天印章會徹底消失，而你也會跟著消失。呼！至今我吃了九百多條人命，從來沒有一次像現在心裡這麼不舒服。料理這東西真的很奇怪，我本來以為料理就只是用來填飽肚子、讓嘴巴享享口福而已，沒想到加入了廚師的心意之後，料理就變得很不一樣。吃著你做的料理，我經常會覺得我的這裡非常溫暖。」

萬狐拍了拍自己的心口。

我從口袋裡掏出「雪融布丁」塞進萬狐手裡。雪融布丁是我用不知名的花草製成的，而「雪融」這名字是萬狐取的。他說，只要把這鬆軟的布丁含在嘴裡，它就會在不知不覺間融化。

「這是我昨天做的。」

「謝謝你，采宇。最後你居然還做了禮物送我，那我也要給你一份餞別禮。說這種話雖然是打破我們這個世界的規矩，但你這一趟要是沒成功就消失在這世界上，我想我應該會很難過，所以我才決定告訴你。這是我在找她的過程中發現的事，你找的人對螃蟹過敏。」

我嚇了一跳，小雪本來就對螃蟹過敏，沒想到她都已經投胎變成另一個人了，居然還是對螃蟹過敏。我這才瞭解到，我決意尋找小雪是一個多麼棒的決定。如同她依然對螃蟹過敏，我期待她仍能像我認識的她一樣，絲毫沒有改變。我的期待就像氣球一樣，瞬間膨脹了起來。

「采宇，她幾乎不可能認出你，要想起你的機率簡直就像大海撈針。她不記得那些你認為重要的事物、你們共度的時間，面對這樣的她，你肯定會非常難過……不過，只要有奇蹟發生，大海裡還是有機會找到針的。在某一刻，非常短暫的剎那，她或許有機會認出你。啊，但你還是別太期待，期待越大，失望越深。你快走吧。」

萬狐才說完，便颳起了一陣風，我被這陣風高高捲至空中。我看見遠方的星星，它們離我越來越近。就在那原本像個小點的星星變得像指甲一樣大，像指甲一樣大的星星變得像拳頭一樣大時，我失去了意識。

回過神來，我正躺在長椅上。燦爛的陽光十分刺眼。我環顧四周，這是一座悠閒的公園。我張開右手掌，看見上頭的圓形印章還十分清晰。

「你就漫無目的地朝著你想去的方向走，一邊走一邊數數，數快數慢都沒關係，在數到一千時抵達的地方，就是你的居所。你一定要住在那裡，這是規定之一。」

這裡是小雪生活的世界。我每天都很好奇小雪究竟人在哪，一想到我在她生活的世界，跟她在同一片天空底下，就讓我激動不已。

「一、二……」

我開始數數。我離開公園，沿著有棵大樹的那條路走去。過了馬路，行經兩棟建築物之間的小巷子，路過一間販售蔬果的商店。當我數到八百的時候，我彎進一條飄散著食物香氣的巷子。沿著巷子繼續走，聞到又香、又甜、又酸的味道。

「一千！」

最後數到一千時，我停在一棟牆上爬滿藤蔓，有兩層樓的建築前。這棟建築外頭有個小小的院子，小院子的一角還有種花草，雜草與花朵雜亂地生長在一起。通往二樓的樓梯則被一塊木板擋住。這是棟老舊的房子。站在一樓的玻璃門前，玻璃上布滿了灰塵。我用手掌抹去灰塵，然後把眼睛瞇成一條，往屋內看去。屋裡擺放了桌椅。

我輕輕拉開門。嘰咿咿咿！沒上油的絞鍊發出了聲響，費了好大的力氣才把門打開。屋內瀰漫著濃重的霉味，那是長時間沒有通風的味道。

「這是空屋嗎？」

別說是人居住的痕跡了，裡頭冰冷的連一絲溫度都感覺不到。屋內有桌椅，最裡面還有廚房，這似乎是一間餐廳。

「有人在嗎？」

雖然一看就知道是間空屋，但我還是先確認了一下。有人在嗎嗎嗎嗎——我的聲音在空無一人的屋裡迴盪。

「二樓也是空的嗎？」

我走到戶外，清除擋住樓梯的木板爬上二樓。二樓的大門被牢牢鎖上了。

「我來到一間老舊的空屋，接下來該怎麼辦呢？」

萬狐只告訴我，叫我一定要待在數到一千後抵達的地方，卻沒有跟我說怎麼在那裡生活。他只說，自己跟人交易，從來沒有一次打破過承諾。他會在我看不見的地方盡全力幫忙，讓我能如願以償。最後還安撫我，叫我不要擔心。

「還是我來開餐廳吧？」

我想，也許我會來到這裡，也是萬狐特別用心的結果。從萬狐說的話聽來，他住的世界似乎有很多的規則，他還曾經說過，沒有辦法把所有的規則都告訴我。不能提前告訴我要住在哪裡，或許也是規則之一。而讓喜歡做菜的我，擁有一個能夠製作料理的機會，可能是萬狐貼心的表現。

從二樓下來，把所有的窗戶都打開。撢去灰塵，把屋內所有的地方都擦拭了一遍，做了一趟大掃除。廚房旁邊有一間房間，雖然很小，但一個人住似乎也沒什麼問題。

打掃完餐廳內部、房間與洗手間之後，我接著開始打掃廚房。雖然這裡是空屋，但冰箱裡卻神奇地塞滿了新鮮的食材。一打開冰箱冷凍庫的門，我便忍不住驚呼：「喔，萬狐啊！」這些都是要找到小雪所必須的食材，我能感覺到萬狐的細心。冰箱門上則貼著食材用完時能訂購的電話號碼。我清理完冰箱，然後將廚具一一拿出來擦拭。

清掃完畢後，我坐在椅子上看著窗外，午後溫暖的陽光照亮了悠閒的街道。

「我一定能見到小雪。」

真好奇小雪現在是什麼模樣？看到她的那一刻，我有辦法瞬間認出她來嗎？希望可以！

「我死的時候，小雪是什麼樣的心情呢？」

突然，我感覺內心深處掀起一陣巨浪。能深刻地感受到當時小雪所承受的打擊，吞噬小雪的絕望與悲傷，是多麼地沉痛。

那天我死了。準確來說，那天我被送到醫院，隔天清晨才死的。死後，我渡過忘川。據說，只要渡過隔開陰陽兩界的忘川，就會忘記所有陽間的記憶，但我的記憶卻完整保留了下來。那些記憶不僅沒有被抹去，甚至還越來越清晰。每當想起小雪，總是心痛無比。我很想再見小雪一面，有話要當面告訴她，我必須遵守與小雪的約定。

「要提供哪些菜色好呢？我要快點決定菜單。」

首先想起的料理是我的「祕密武器」。在煮開的牛奶裡溶入起司，接著再拌入麵粉，然後在熱好的平底鍋上鋪平乾煎，最後放上只有我跟小雪才知道的食材，捲起後再將皮烤得金黃酥脆，這道料理就完成了。每次我們獲得使用廚房的許可時，總會做這道祕密武器來吃。做這道料理的日子，小雪總是說我會成為一間高檔餐廳的高級廚師。

「我喜歡高級的東西。」

這是小雪常掛在嘴邊的話。小雪很不喜歡自己膽小畏縮的個性，總希望成為一個「高級」的人。她口中的高級究竟是什麼，我實在不太清楚，但我眼中的小雪本身就已經夠高級了。當時我決心，為了小雪，要成為高檔餐廳的高級廚師，雖然不清楚什麼是高級廚師，但我還是想成為小雪想要的樣子。

菜單

- 祕密武器
- 雪融布丁
- 蔥薯羅曼史

我寫下菜單貼在牆上，並呆望著這張菜單。

蔥薯羅曼史

蔥薯羅曼史是一道未完成的料理。如果我沒死的話，蔥薯羅曼史應該已經完成了。為了小雪，我一定要完成這道料理。

我走到外頭，發現餐廳沒有招牌。決定餐廳的名字並沒有花我太多時間。

我在紙上寫下「約定食堂」幾個字，並將它貼在玻璃門上。我反覆咀嚼著「約定」這個詞，感到有些哽咽。

消失之家

——嘰咿咿咿。

生鏽的鉸鍊摩擦出聲，強烈的風雨從敞開的大門吹進餐廳內，桌上細心摺好的紙巾被吹散。跟著風雨一同進門的人，是一名留著短髮、頭髮燙得極為捲翹的中年婦女，看上去年紀約在五十五歲至六十歲之間。

「你這間店是全租[1]？還是月租？你該不會是用買的吧？」

女子看都不看菜單，逕自拉了張椅子坐下劈頭就問。這間店既不是全租，也不是月租，更不是買的。我只是路過，然後在這裡落腳，並決定在這裡開餐廳。可惜我沒

1　註：韓國特殊的租屋形式，入住時付高額的押金給房東，入住期間不需額外繳納月租，退租時可拿回全額押金。

辦法這麼說，只能用滿臉笑容代替回答。

「你是怎麼打掃的？整間餐廳怎麼能這麼乾淨到發亮啊？話說回來……你知道吧？」

「什麼？」

「這棟房子有個祕密。房仲在賣這棟房子的時候，不可能隱瞞得了這個祕密。否則……否則可是會出事的，隱瞞這件事的話，那就是欺騙買家。」

一聽到祕密這兩個字，我正在繫圍裙的手便停了下來，直盯著那名女子的臉看。

「你那是什麼表情？該不會你完全不知道這棟房子的事吧？二樓！你不知道二樓的事嗎？」

「不知道耶。」

「所以你只有租一樓喔？你應該是短租吧？」

「也可以這樣說啦。」

「但也不能這樣啊，房仲那邊既然收了仲介費，就應該做好自己份內的工作，好好跟你說明清楚才對啊。但想想也是啦，如果把事情都告訴你，將祕密公諸於世的話，那不管是短租還是長租，肯定都不會有人想租。你趕快去找房仲理論，叫他把手續費退還給你。」

女子講得好像是自己遭遇到不公不義的事似地，情緒非常激動。

「沒關係。」

我斬釘截鐵地拒絕。希望她別再多干涉別人的事。無論這棟房子究竟藏有多大的祕密，那都跟我沒關係。我來到這裡是萬狐的意思，而我也必須留在這裡。

「哼，看來你簽約前應該就知道了吧？既然你自己都覺得沒關係了，那我也沒必要多說什麼。話說回來，你這裡賣什麼啊？」

這時，女子才看了看貼在牆上的菜單。

「我下次再來吃吃看。今天我只是來看看是誰在這裡開餐廳而已，而且我剛剛才吃過飯，所以你的菜再怎麼好吃，我應該都吃不下了。我看你這麼會打掃，感覺你做人很實在，做菜的手藝應該也不錯。那下次再見囉！」

女子起身，又仔細打量了一下整間餐廳的環境後才離去。

女子離去後沒過多久，門又再度嘰咿咿地開啟。這次是一個沒撐傘的小朋友，雨水正從他的髮尾不斷滴下，看上去七、八歲左右的年紀。他一跟我對上眼，便立刻露出驚慌的神情。接著他大喊一聲：「哇，是真的耶！」便關上門離開了。

「什麼啊？這裡真的很奇怪嗎？」

我突然好奇起這棟房子到底藏有什麼祕密。

外頭的風雨不知不覺間停歇，天空又再度恢復晴朗無雲。

走到餐廳外，站到較遠處看著這棟兩層樓的建築。除了老舊之外，還散發著陰森冷清的氣息。

「那些藤蔓跟花圃，的確是會營造出這樣的氛圍啦。」

我開始動手將花圃裡的雜草拔除，很快我的褲子便髒得不得了。雜草怎麼拔也拔不完，覺得腰都快斷了。本想整理完雜草之後，就去清理一下從二樓花圃生長出來、爬滿二樓整面外牆的藤蔓，但那些藤蔓堅實又有韌性，只憑我一個人的力量應該處理不了。無奈之下，只好繼續放任藤蔓生長。不過，我還是把像一頭亂髮的葉子稍微修整了一下，剪掉那些隨意生長、會危及其他嫩葉的大片葉子。拔了拔雜草、修整了一下藤蔓之後，房子散發的氛圍已經與之前截然不同。

就在我走進屋內短暫休息時，又有人開門進來，是剛才那個孩子。

「阿姨！」

「阿姨？」

我看了看餐廳，只有我跟這個孩子兩個人而已。

「阿姨，我真的很好奇，實在是忍不住了。妳為什麼要在這裡開餐廳啊？大家都覺得這裡很可怕，所以不想來，妳覺得會有人想在這裡吃飯嗎？還有，妳都不會害怕嗎？」

真不知道為何這孩子一直叫我阿姨。這裡有沒有鏡子啊？我得照照鏡子才行。我死後一直維持死前的模樣，萬狐還說我年紀輕輕就沒命，實在是很可惜。但怎麼會叫我阿姨？難道是來這裡的路上，我的外表產生了什麼變化？我用手摸了摸自己的臉，但實在很難靠指尖的觸感想像自己現在的長相。

「這裡的人會在某一天就突然消失。」

孩子吞了口口水，然後才把這句話說出口。

「突然消失？」

「對啊，我媽媽說那些人一溜煙就消失了，一點痕跡也沒有。妳不會怕喔？」

「我第一次聽說人會消失。有件事想問你，我看起來像阿姨嗎？你有鏡子嗎？」

「我沒有鏡子。妳想看什麼？用手機的相機就可以看啦。」

孩子把手機拿給我，而我在看到自己的模樣時，差點叫出聲。手機畫面上出現的，是一個年紀超過四十歲的女人。

「天啊！」

這真是荒唐又令人不知所措，甚至還讓我有些絕望。我本以為自己會以原本的模樣去見小雪，而且也從來沒有懷疑過這件事。既然現在我的樣子改變了，那麼已經死去並重新投胎的小雪，肯定也已經不是原本的樣子，變成其他的模樣了。不過，我還是希望能用以前的長相去見小雪，也希望小雪能用以前的模樣出現在我面前。我死的時候十七歲，當時小雪十六歲。我叫柳采宇，小雪叫做韓雪。

那孩子見我抱著頭陷入崩潰，便靜靜地轉身離開。

我躺在房間裡呆看著天花板，不知自己為何變成這副德性的悲傷感湧上了心頭。

在見到小雪時，當然無法告訴他我就是柳采宇。（就算說了，小雪也沒有前世的記憶，無法認出我來。）既然無法揭露我的身分，那我的外表是阿姨還是大叔，也就都無所謂了。即便如此，我還是很難過。我雙手摸著自己的臉，然後看見自己的手掌。印章已經有一角不見了，這讓我突然回過神來。

「我哪有時間繼續躺在這？不管我現在長什麼樣子，只要能見到小雪就好。雖然有點遺憾，但憑我的力量也無法改變任何事，我不能把時間虛耗在無法改變的事情上。」

我倏地起身離開房間。

「我得讓人們來這裡消費，我得改變人們心中對這棟房子有人消失的詭異印象。如果想改變形象，那我該怎麼做？」

仔細想了想，決定首要之務是改變陰沉的氛圍。首先改變房子給人的感覺，然後再讓大家聞到熱食的香味，想必這樣客人就會上門。當我想起身打掃的時候，突然看到廁所旁邊有一個油漆桶。想要一掃陰沉氛圍，最快的方法就是重新粉刷油漆。

五桶油漆中，有三桶都已經凝固，完全無法使用了。雖然剩下的藍色和黃色狀況也不太好，但還算堪用。

「看，天氣也在幫我。剛才被雨淋濕的牆壁都已經乾了，可以刷油漆了。」

走到戶外，看著這棟雙層樓的建築物。一樓正面幾乎全是玻璃，門也是玻璃門，所以不需要油漆……要改變這陰森的氣氛，首先應該要讓樓梯改頭換面。我先把樓梯清掃乾淨，再用乾抹布認真擦拭，然後一半漆成藍色、一半漆成黃色。

樓梯漆好之後，太陽也逐漸西下。房子在火紅的夕陽照耀下，與白天形成截然不同的樣貌。當整棟房子煥然一新之後，覺得自己的心情也跟著好了起來。我把窗戶打開，開始做起祕密武器。濃郁的奶油加熱後飄出香味，我不斷重複做著祕密武器。想像小雪站在一旁，彷彿她就站在那裡聞著奶油香，然後對我露出燦爛的笑容。之後我抬頭望向窗外，才發現天已經全黑了。月光乘著祕密武器的香氣，降臨在大地上。

睜開眼，我才發現已經天亮了。餐廳裡還瀰漫著隱約的奶油香。我將前一晚做好的祕密武器裝盤，拿著盤子走到桌旁坐下。祕密武器就應該趁熱吃才美味，但我沒有加熱，而是直接吃下已經冷掉的食物。完美與奶油融合的牛奶香，以及只有我和小雪才知道的祕密食材，在嘴裡化了開來。一股彷彿結束遠行，終於返回家中的溫暖感，也一起擴散至全身。我忍不住哭了出來。張開手掌，確認掌心上的印章。雖然還不明顯，但印章的痕跡確實比昨天更模糊了一些。

昨天的油漆粉刷得很成功。在初秋明亮的陽光照耀之下，樓梯煥然一新，不再瀰漫任何一絲陰森氣息。昨天拔完雜草之後，花圃裡的花草似乎也更加耀眼了。

「妳好早就開門營業。」

這時，昨天來過的那名女子又出現了。

「昨晚都還好吧？」

女子直盯著我的臉看。

「您希望我遇到什麼事呢？」

我也毫不迴避地直盯著女子問。我可不能放任人們的好奇心不斷膨脹，那些無謂的好奇心只會消耗我寶貴的時間。無論這棟房子有什麼祕密、環境再怎麼糟糕，我都要讓他們看見我的堅定與勇敢。

「唉唷！妳怎麼這樣說咧！我只是因為擔心妳，所以才來問問。要是知道這棟房子藏了什麼祕密，妳肯定會嚇一大跳。我是覺得妳像我的妹妹一樣，所以才會特別跟妳說。」

女子氣得跳腳。她說我像她妹妹，聽起來還真是肉麻。

「是失蹤案嗎？聽說有人從這棟房子裡消失了。」

我毫不在乎地說道。

「妳知道啊？既然知道，怎麼有辦法不當一回事？那可不是普通的失蹤案耶，是全家人都像煙霧一樣消失了。」

「總之啊，我呢，昨晚沒發生什麼事，我睡得非常好。不過，有件事我真的很好奇。」

「嗯？什麼事？說來聽聽！我知道就告訴妳。」

女子忽然眼睛一亮。「看吧，肯定有什麼吧？哪可能沒事啊！到底是什麼事？快說來聽聽！」女子的雙眼透露了她的心聲。

「我們才剛認識，為什麼妳說話就這麼沒禮貌啊？昨天我們才第一次見面，妳的語氣就好像跟我很熟一樣。就算想裝熟，也應該先問一下對方的意願吧？」

老實說，昨天我還搞不清楚狀況，所以就沒把這件事當一回事。我以為自己來到這裡時還維持十七歲的外表，結果作夢也沒想到我的性別跟年齡都變了。當時我還想著，既然我才十七歲，那她用對晚輩的語氣跟我說話也是無可厚非。

「妳看起來年紀比我小啊，所以我的口氣就不必太拘束吧？妳現在是要跟我計較這件事嗎？我只是娃娃臉，其實年紀已經很大了，我五十九歲了。」

「妳看起來就是五十九歲，一點也不娃娃臉。以後就算路過，也請妳不要隨便進來跟我搭話。想來用餐的時候再來吧，這裡可不是什麼公園，而是餐廳，請妳搞清楚。」

「誰看不出來這裡是餐廳啊？我是擔心妳耶，妳連句謝謝也沒有，居然還這麼沒禮貌。我本來是不想說這種話的，聽起來很像是我在耍脾氣，但是啊，我還是要提醒妳一次，這裡的失蹤案可不只是單純的失蹤案。最重要的事情是，現在還有人住在二樓。那會是誰呢？我給妳提示！妳不覺得那應該不是人嗎？」

「什麼？二樓有人住嗎？」

「對啊，這可是個很重要的資訊耶！妳居然還叫我沒事不要來這裡亂晃？真是一大早就氣死人了！」

女子怒氣沖沖地皺著眉頭，瞪了我一眼後便轉身離去。一大早就被氣死的人是我才對，她毀了這一天，我甚至有種今天一定不會見到小雪的不祥預感。

「哪有人住在樓上？樓上根本一點動靜也沒有！」

我從廚房裡拿出鹽巴，灑在門前去晦氣。做完這一連串的動作之後，我自己也嚇了一跳。為了去晦氣而灑鹽巴這個行為，是過去育幼院辦公室的姐姐常做的事。辦公室姐姐最討厭那些說什麼要贊助育幼院，就把所有院生都叫來拍團體照的人。每次要拍照時，那些所謂的贊助者都要大家笑一個、比YA、比個愛心，做了一堆要求後，他們就會丟下幾箱泡麵或餅乾揚長而去。姐姐總會詛咒他們，並在他們離開育幼院的大門後，拿粗鹽灑在門口去晦氣。當時那位姐姐的年紀應該在三十五至四十歲之間，是生了兩個兒子的阿姨，但她還是喜歡大家叫她「辦公室姐姐」，而不是叫她阿姨或部長。我忘了是哪次，我問她為什麼要灑鹽？她說，倒楣鬼會把晦氣帶進育幼院，而鹽巴就是去晦氣最好的方法。辦公室姐姐說，她下輩子要投胎變成有錢人，還說要是變成有錢人，絕對不會當那種一毛不拔的小氣鬼。她絕對不會為了拍照，而強迫那些不想笑、不想比愛心、比YA的孩子，做他們不想做的事。我突然很好奇她現在變成什麼樣子了。她也死了嗎？那她有沒有如她所願投胎成人呢？如果她投胎成人，是否成為大富豪了呢？我總覺得姐姐應該會如願成為她理想的那個樣子，我相信她能做到。

「是不是因為現在我的外表是阿姨，所以才會做些阿姨會做的事啊？怎麼會突然拿鹽巴出來灑？」

我噗哧笑了出來。

未完成的料理：蔥薯羅曼史

一輛白到發亮的汽車停在院子前，一名穿著天藍色襯衫與駝色褲子的高個子男性從車上走了下來。男子一臉新奇地看著我粉刷過的樓梯，推開門走了進來。

「您好，樓梯重新油漆過，感覺這裡就煥然一新了呢！我看您也整理了花圃，還把原本雜亂的藤蔓都修剪過了。」

我本以為他從車上下來到進門這段路，只有看到重新粉刷過的樓梯，沒想到竟在短短的時間內，就注意到了所有改變。能一眼看出不同之處，想必是經常來訪的人。男子環顧著餐廳的內部。

「『約定食堂』這個名字也非常適合這裡。這裡是三岔路口，很適合來自三個不同方向的人相約在此碰面。」

男子選擇距離廚房最近的位置坐下。

「祕密武器？餐點的名字好特別喔，真是有趣。請給我一份祕密武器吧。」

他一說祕密武器，我便有點緊張。根據萬狐的說法，投胎轉世後，人們會忘記前世所有的記憶。如果事情真如他所說的，那小雪肯定不會記得祕密武器。但奇怪的是，這個人一說出「祕密武器」這四個字時，我卻覺得就算小雪完全不記得祕密武器的事，也應該還有記憶的碎片殘留在她腦海深處才對。只不過，我實在沒想過小雪可能會以男性的模樣出現在我面前。在我的想像中，小雪會以形似她原本的面貌出現，而我則會以柳采宇的樣貌現身。雖不知道小雪現在如何，但我美好的想像已經開始動搖了。

「您有吃過祕密武器嗎？」

我盯著男子的臉問。

「沒有，這是我第一次吃。」

太好了，我真的很怕整個想像都會破滅。

「您會對螃蟹過敏嗎？」

我一邊問，一邊剁了點蟹肉加進料理中。

「不會，我沒有對什麼食物過敏。看到這裡開了餐廳，我真的很高興。這整個社區的氣氛，一直都因為這棟房子而有點沉重。我想房仲帶您來看房子的時候，應該都跟您說明過了。明明從這裡去學校快很多，但孩子們還是會特別避開這裡，繞遠路去上學。」

我屏氣凝神地聽男子說。

「這世上有許多不同的人，隨時隨地都有可能發生不好的事，但大多數的人都認為，自己和自己身邊的人不會跟那些不好的事有所牽連。也因為這種錯覺，所以在這棟房子裡發生的事，才會帶給孩子這麼大的影響。看到跟自己就讀同間學校、讀同一班、在同個教室讀書玩耍的人出現在新聞上，肯定無法不當一回事。我實在受不了孩子們一直被那件事折磨。前陣子，還有一個二年級的孩子，只是晚上路過這棟房子就被詛咒了，這事情鬧得沸沸揚揚呢！」

「詛咒？」

他甚至講出「詛咒」這兩個字，看來這棟房子隱藏的祕密似乎比我想像得還要巨大。

「是的。當時是考試期間，那是在孩子結束晚自習後，從學校回家的路上發生的事。那是個下雨天，孩子讀書讀到很餓、又沒有帶傘，肯定會想趕快回家吧？所以他心一橫，決定走這條捷徑。就在他經過這棟房子前的時候，突然有人叫了他的名字，聲音是從樓梯上傳來的，孩子就像是被什麼迷住似地，朝樓梯的方向走去，可是那裡一個人也沒有。孩子只能聽見聲音，於是就跟著聲音繼續走，走著走著孩子突然回過神來，發現自己蹲坐在房子的後院。隔天，他考試徹底考砸了。他原本是個成績很好的孩子，但那次考試他幾乎是交白卷。學校裡盛傳他被詛咒了。老闆，您相信嗎？」

男子問。

「您問我相不相信詛咒嗎？」

「當然，我想您應該不信，所以才會在這裡開餐廳吧？如果相信的話，那應該不太可能會住在這。」

在我回答之前，男子便自己做出了結論。

「您說得沒錯，我不相信。來，祕密武器好了。」

我將祕密武器分裝在三個盤子裡，搭配一杯果汁一起端上桌。

「這味道好香喔。」

男子用鼻子聞了聞。

「希望您品嚐過後也能稱讚它很美味。如果可以幫我宣傳一下，那更是再好不過了。」

我恭恭敬敬地把雙手背在背後。

男子挖了一口祕密武器放入嘴裡，他瞬間瞪大了眼睛，立刻豎起大拇指。

「吃起來也很棒！這真的超讚的！我覺得小孩子應該會很喜歡。我是山坡上那所國中的體育老師，我覺得拿這道菜給孩子們吃，肯定會大受歡迎。我一定會幫您好好打廣告，希望孩子們能把這裡當成他們吃點心的祕密基地，孩子們也會因此忘記這裡的壞傳聞。」

「我也是希望如此。」

我是真心的。這種負面傳聞應該盡快消失，人們才會上門來用餐。人們上門來用餐，我也才能見到小雪。

「老實說。」

男子壓低聲音。

「這是我個人的想法兼期待啦。原本住在二樓的那一家人，會不會是瞞著大家離開了啊？真不知道為什麼大家會相信他們就像一陣風一樣，瞬間就從這棟房子裡消失了？當然，警察也的確來調查過，還像熟人一樣詢問他們的蹤跡，但都沒有人有看到原本住在這裡的那一家人。哇！這真的越吃越美味耶！」

一眨眼，男子便把裝著祕密武器的三個盤子清空。然後略帶惋惜地咂了幾次嘴之後，才起身準備離開。他留下一句下次會再來用餐，便開門離去。

剛才他介紹自己是體育老師，仔細一看，這背影還真的像體育老師。即使穿著襯衫，還是能夠感覺到他結實的身材。

「我的身材原本也是那樣的，178公分，67公斤。還有，每天早上做三百下伏地挺身練出來的肱二頭肌、三頭肌，超厲害……」

我看著自己倒映在玻璃門上的身材。推估身高約是160公分，不對，哪有160公分？頂多比150公分再高一些而已。體重看起來至少也有70公斤。萬狐知道這件事嗎？他知道我用這副模樣渡過他給我的時間嗎？如果他知道，那應該要事先暗示我一下啊！如果我提前知道一些情報，肯定不會像現在這麼吃驚又失望。唉，但這並不表示我在埋怨萬狐。畢竟要不是萬狐，我真是作夢也不敢想自己還有機會見到小雪。

第二位客人是那個孩子。

「我帶錢來了，我是來吃東西的。」

孩子帶著得意洋洋的神情坐到座位上。

「我要雪融布丁。」

「你吃螃蟹會不會身體很癢、起疹子，或是眼睛充血變得紅通通的？」

「不會。」

「太好了。」

我剝了點蟹肉放在裡頭。意外地，人們其實並不如想像中那麼瞭解自己。例如：有些人認為自己不會對螃蟹過敏，卻在吃到螃蟹後才意外發現自己竟然會過敏。

孩子輕輕挖著鼻孔，一邊問我雪融布丁是什麼東西。我告訴他，那是一種放進嘴裡感覺很軟嫩，同時又很有嚼勁，嘴裡會瀰漫著美好的滋味，然後在不知不覺間融化消失的一種食物。然後他又問我，祕密武器是什麼食物。

「是一種很香，會讓人越吃越上癮的食物。」

「那蔥薯羅曼史呢？」

我無法立刻回答他。

「以後等我有錢，我全部都要吃。」

孩子說。

「不過啊，妳睡在這裡嗎？還是白天在這裡做生意，晚上回家呢？」

「我都睡在這裡。你知道發生在這棟房子裡的事情嗎？」

孩子的表情瞬間大變。他坐立難安，無法回答我的問題。

「我姊姊真的很壞。」

猶豫了許久，他突然開口說起話來。

「那邊有一塊草坪，是一塊空地。之前我姊姊會跟她喜歡的男生在那裡玩丟球遊戲。他們真的很幼稚。都國中三年級了，還在玩傳接球耶。阿姨，妳能理解嗎？」

哪有什麼不能理解的？除非是有誰規定國中三年級就不能玩傳接球。

「他們真的是喔……他們就這樣一直傳球、接球、傳球、接球，可以玩超過兩小時耶。我去補習班的時候他們就在玩，我從補習班下課回來，他們還在玩。有一次，我姊姊喜歡的男生丟出來的球，居然往這裡飛過來。不是有一個上二樓的樓梯嗎？那裡被木板擋住，結果那顆球飛過木板，掉在很裡面的地方。然後姊姊居然叫我去撿球！明明是哥哥丟的，應該他去撿才對吧？」

「應該是丟球的人或一起玩的人要去撿回來啊，你有說你不要嗎？」

「我沒辦法拒絕。」

「為什麼？」

「我姊姊的脾氣很差，她不高興的話，就會衝過來抓我的臉，超可怕！」

「抓你的臉？國中三年級了耶！」

「對啊，所以我很怕啊！」

這孩子可能以為我開始同情他，他越說越是委屈。

「我姐小學三年級的時候，曾經發表不婚宣言。」

「不婚宣言？」

「就是宣布她要一個人生活，以後絕對不會結婚，但是她會盡情談戀愛。如果她不結婚，就會一直住在家裡吧？這讓我很擔心。」

孩子一方面闡述自己的擔憂，一方面也透露自己的計畫。他說，他升上國中之後，想去讀寄宿學校。他問我是否瞭解寄宿學校，我說我不清楚，他便立刻露出失望的神情。

「雪融布丁來了。」

把裝著雪融布丁的盤子端上桌。

孩子叉起一塊雪融布丁塞進嘴裡咀嚼。左邊嚼嚼再換右邊，咀嚼的同時似乎也陷入了思緒中。沒過多久，他便把剩下的布丁吞下肚，並同時對我豎起大拇指。

「對了，後來我就是為了撿那顆球跑來這裡。」

他繼續接著講剛才中斷的話題。

「我穿過漆黑的庭院，往樓梯的方向走去，但是擋在樓梯前面的木板實在太高了。阿姨妳看就知道了，我個子不高嘛，以小學二年級來說，我這樣算矮了。」

他看起來頂多七、八歲，如果實際上是九歲的話，那的確是有點矮。

「我試著爬過木板，但失敗了。所以我想說，把木板往旁邊移可能可以過去，然後我就這樣把木板抬起來……結果發現居然有人跟我一起抬木板！我往旁邊一看，發現是一個哥哥。那個哥哥很快跑上樓梯，然後對我比了個手勢。那個手勢是要我上樓梯的意思，我嚇了一大跳，就頭也不回地跑掉了。」

「那個哥哥是誰？是跟你姊姊傳接球的哥哥嗎？」

「不是。」

「不然是誰？」

「那個哥哥喔……哇，這真的好好吃！天啊，天要黑了耶！我要趕快回家了。阿姨，妳要小心喔！」

孩子起身準備離開。

「我會跟朋友說這裡在賣好吃的東西。對了，妳可以做些傳單來發。前面的地鐵站還有購物中心前面，都有很多人在發傳單喔。阿姨妳也去那裡發吧，這樣應該會有很多人來。不住這附近的人，肯定不知道這棟房子的事，應該會來這邊吃。」

我走到外頭，看著這棟建築逐漸被夜色籠罩。我緩緩爬上樓梯，油漆的味道充斥我的鼻腔。二樓的門依然緊緊鎖著。

「這是什麼感覺？」

每次我搖晃二樓緊閉的門扉時，總會有一股冰冷的氣息從門縫流洩而出。碰觸門把的時候，也總會感到冰冷且心慌。我決定等白天再上來看看，於是回到一樓。

「為了吸引更多的人過來，聽那孩子的建議去發傳單應該是個不錯的選擇。既然沒錢，我也不可能大量訂製傳單，應該可以自己手做吧。」

我去翻了翻倉庫，發現沒有可以做傳單的紙。想想也是，餐廳根本不需要這麼多紙。這時，我注意到貼在冰箱上頭的電話，那是訂購食材時跟廠商聯繫用的電話。如果打電話跟他們訂紙，說不定會幫我送，畢竟製作傳單也是經營餐廳的必要工作嘛。

我拿起廚房旁櫃檯上的電話，才發現那電話是假的。空屋的電話，哪可能會通呢？不過我還是有點慌。雖然冰箱裡的食材還剩很多，但我可不能因此安心。畢竟要是中途食材用完，害我沒辦法接待客人，那可就麻煩了。

「要不要試著撥看看？」

我試著按下冰箱上的電話號碼，卻沒有聽見撥號的聲音。

「食材用完的時候有辦法打電話叫貨嗎？」

萬狐說他很守信用，肯定不會讓我陷入困境，也說過會幫助我，讓我待在這裡的時候不會遇到什麼困難。於是我決定好好思考要怎麼宣傳餐廳。

那天我睡得很沉，只記得自己躺上床，然後就睡得不省人事。眼睛睜開之後就已經是早上了。

我把所有的門窗都打開進行大掃除，掃完後便開始備料。我先是削了地瓜皮，然後切地瓜，這時彷彿聽見小雪的聲音在我耳邊響起。

「要再切細一點啊，要再細一點，像粉末一樣，這樣祕密武器才會軟嫩。」

我全神貫注地切著地瓜，把地瓜切得非常細。

小雪的料理手藝很糟糕，她碰過的東西一定會失敗。但她有非常出色的味覺，只要照著她說的食譜去做，就一定能夠做出絕佳美食。小雪總說：「我會成為料理研發者，然後開一間公司，采宇哥就當我們公司的主廚。雖然我說我喜歡高級餐廳的高級廚師，不過大公司的主廚聽起來也很高級吧？全國的百貨公司跟超市的鮮食區都會被我們佔領。這個想法怎麼樣？」每次她這麼說，我都會開玩笑似地輕拍她的頭。笑著說無論是當高級餐廳的廚師，還是當她公司的主廚，她都是吃定我的意思。話是這麼說，但我心裡卻很希望事情照著小雪說的發展。畢竟這樣一來，我就可以一直跟小雪待在一起。認識小雪之後，我的夢想就只有一個，那就是永遠和小雪在一起。

「最後我仍然沒有完成蔥薯羅曼史。」

我最想完成的料理就是蔥薯羅曼史。我想完成那道菜，打破小雪的魔咒。我想告訴她，就算配著蔥吃下馬鈴薯，也絕對不會遭遇不幸。小雪一直很擔心自己會因此遭遇不幸，所以拒絕吃任何加了蔥的馬鈴薯湯或馬鈴薯燉菜。一講到馬鈴薯，小雪甚至會從睡夢中驚醒。她說，記憶中最不幸的日子，不知為何都剛好吃了馬鈴薯湯或馬鈴薯燉菜。小雪來育幼院的那天，早上也吃了馬鈴薯湯。她第一次被別人打的那天，早上則吃了馬鈴薯燉菜。小雪說，肯定是因為馬鈴薯湯或馬鈴薯燉菜裡的蔥害的。她打從心底相信，同時使用蔥跟馬鈴薯的料理會帶給她不幸。

「馬鈴薯用蒸或用烤的都沒問題，也不會讓我肚子痛，但唯獨加了蔥以後會讓我肚子痛，還會帶來不幸。」

小雪這麼說。我不知道她說的究竟是事實，或只是單純的偶然。重要的是小雪怎麼想。我只想告訴小雪，即使蔥和馬鈴薯放在一起，也不會招致不幸。我想讓小雪盡情吃她喜歡的馬鈴薯，希望她就此擺脫不幸。我認為越是把不幸掛在嘴邊，那股力量就會越發強大，最後將人吞噬，讓人真的變得不幸。

一講到馬鈴薯就會從睡夢中驚醒的，除了小雪之外還有另一個人，那就是在育幼院廚房工作的一位婆婆。婆婆似乎非常喜歡馬鈴薯，因此育幼院的菜單經常有馬鈴薯的配菜。冬天裡，馬鈴薯湯從來不缺席。也因此小雪在寒冷的冬天卻無法喝熱騰騰的湯，總讓她覺得很可惜。

「不是馬鈴薯湯跟馬鈴薯燉菜招來不幸，是妳本來就很喜歡吃馬鈴薯，而妳媽媽也經常做馬鈴薯料理給妳吃，妳幾乎每天都會吃馬鈴薯料理，才會剛好發生這種巧合。說馬鈴薯湯跟馬鈴薯燉菜會招來不幸，根本就是硬拗，所以妳想吃就吃吧。」

當時我這麼跟小雪說。

「那肚子痛呢？我吃了也會肚子痛耶。」

「也有可能是因為發生不好的事，所以才讓妳肚子痛啊！妳想想看，是先肚子痛，還是先發生壞事？」

小雪想不太起來究竟是哪件事先發生。

「我們來創造新的記憶吧，蔥跟馬鈴薯相遇，肯定能創造出最棒的羅曼史。我會把這兩樣食材結合在一起，做出讓妳不會肚子痛，而且一直很幸運的料理。我們兩個一起研究開發，好嗎？」

我向小雪提議，小雪也點頭答應。對於開發蔥薯羅曼史這件事，小雪顯得十分積極，顯然，她也很想擺脫這個魔咒。她想擺脫食物會招致不幸的想法，盡情品嚐自己熱愛的馬鈴薯料理。

然後，就到了我喪命的那天早晨。

「采宇哥，等等下午你從學校回來，我們快來試做一個東西。我昨天晚上想到蔥薯羅曼史的食譜了，這次說不定會成功喔。我覺得我會肚子痛，可能是因為用了味道太刺激的蔥，所以就試著研究了如何去除蔥的味道。」

小雪邊吃著早餐，邊回想前一晚的事情。只不過我跟小雪無法共度那天的下午，我無法得知小雪想出來的食譜是什麼。小雪雖然會開發料理，卻無法親手做。她的食譜要成功，就不能沒有我。必須要有我在，小雪才能夠擺脫不幸。

我將餐廳裡外打掃過一遍，並做好了開店準備，卻沒有客人上門。雖然早已過了午餐時間，但餐廳外卻一個人影也沒有。就這樣虛度了一天。

周遭的人們

「我需要想點辦法。」

我不能繼續浪費時間。不管怎麼想，都覺得去發傳單是最好的選擇。但問題在於，我沒有錢買紙。

「對了，我有錢啊！」

我都忘記了，體育老師跟那孩子來吃東西時都有付錢。我趕緊打開櫃檯抽屜，但怎麼樣都找不出一毛錢。真是奇怪。我把抽屜整個翻了一遍，連櫃檯底下都仔細找過，卻始終沒看到錢的蹤影。

「難道是我把錢收到別的地方，自己卻忘記了嗎？」

我記得錢的確是收在這個抽屜，但我的當務之急是發傳單，實在沒有多餘的時間找錢放哪去了。

「看來傳單是行不通了，還有別的方法嗎……對了！」

一個好點子閃過我的腦海，那就是試吃。只要能端出香噴噴的料理給人們試吃，路過的人肯定會被吸引進來。我打開冰箱，決定相信萬狐一定會幫我，讓我不必擔心食材見底。

「咦？這是什麼？昨天好像沒有這個啊。」

我發現放在冰箱最外面的透明塑膠袋裡，裝著紅蘿蔔與蘋果。我明明記得自己把紅蘿蔔跟蘋果收進菜盒裡了。我打開菜盒一看，發現之前整理好的紅蘿蔔跟蘋果還安然躺在裡頭。

「應該是我看錯了吧？總不可能是有人把它們挪到這裡來吧？」

我將用於祕密武器的食材切碎，將牛奶煮沸再加入奶油。等奶油融化後，加入麵粉攪拌。麵糊準備好後，我將平底鍋加熱。確定鍋子熱好後，便舀起一匙麵糊倒在平底鍋上。確定餅皮成形後再鋪上切好的食材，最後將餅皮捲起來。我一邊製作祕密武器，一邊做了些雪融布丁。我將花草切碎，加入大量砂糖熬煮成糖漿，並以只有我才知道的比例，混合糖漿與太白粉。餐廳裡很快便滿溢著食物的香味。

「對了，還要把門打開，這樣香味才能飄出去。」

我拿了蔥跟馬鈴薯，用尚未完成的食譜做出蔥薯羅曼史。這雖然是道未完成的料理，但或許能幫助小雪找回記憶。雖然萬狐說，小雪想起前世記憶的機率趨近於零，但我還是想賭一把。由於不知小雪會在何時何地出現，我得做好萬全的準備才行。

祕密武器、雪融布丁與蔥薯羅曼史，我各做了二十份，還沒忘記剁點蟹肉加在理面。雖然有引發過敏的風險，但蟹肉是找到小雪不可或缺的關鍵。

我搬了兩張桌子到花圃旁的空地，旁邊再擺上一張椅子。將裝著食物的托盤放在桌上擺好，並準備好食物剪刀、筷子與碟子。就在一切準備就緒時，恰巧吹起一陣微風，將食物的香味吹得更遠。

首先聞香而來的客人，是那名一頭捲髮的女子。看見來人是她，我心裡有些失落，但又不能表現出來。女子的頭上包著一條粉紅毛巾，毛巾上頭繡著「漂亮美容室」幾個大字，看來她才剛去進廠維修自己的捲髮。女子沒有直接走到我面前，而是站在不遠處伸長脖子看著盤子裡的食物。

「妳在幹嘛？不對，這樣問太沒禮貌了。請問您這是在做什麼？」女子問。

「我在舉辦試吃。」

即便我說提供試吃，女子依然沒有靠近，而是站在原地，顯得有些遲疑。雖然我很想告訴她不試吃就趕快離開，但我還是忍住沒把話說出口，畢竟我實在不該隨便樹敵。

「妳要吃吃看嗎？」

我換上一副最溫柔和善的語氣問她。

「其實我不太喜歡嘗試新的食物……但既然都路過了，基於禮貌，我還是……還是試試看吧。」

「請問妳會對螃蟹過敏嗎？」

不知為何我有點緊張，很怕聽到她的回答。

「不會。老實說我真的搞不懂，應該是說我不能理解為什麼有人會對食物過敏耶。我看妳這些菜好像都有加海鮮，但請妳不要擔心，我不會對海鮮過敏。」

真是太好了，畢竟一想到小雪可能是以這副模樣出現，我就覺得好難過。

我拿起一份祕密武器，切了三分之一裝在小碟子裡，接著再切三分之一的雪融布丁與蔥薯羅曼史裝入同個碟子裡，並將碟子跟餐具一起遞給她。

她的咀嚼聲真是刺耳。我真的不明白為什麼有人能吃東西吃得這麼大聲？就不能閉上嘴慢慢咀嚼、好好品嚐，吃得更有格調一點嗎？但仔細想想，這要求似乎太過分了，畢竟她給人的第一印象就跟格調兩個字沾不上邊。總覺得連我做的食物格調都跟著被拉低了，實在讓人很不高興。

「還算不錯啦，應該說還可以吃。」

什麼叫做「還可以吃」？是「雖然不太滿意這個味道，但也沒辦法說不好吃」的意思嗎？這女人真是討人厭！全身上下找不出任何一個優點！

「我會再叫我朋友過來試吃，我朋友很多。光是我自己就認識很多人了，再加上我兒子、女兒跟老公，少說能幫妳找幾十個客人！」

一聽她這麼說，我瞬間眼睛亮了起來。

「好啦，妳說話就不要那麼拘束了，我聽了也渾身不自在。我看妳年紀比我大，就放輕鬆點吧。」

既然她有辦法一口氣找來好幾十個人，那我自然願意容忍她說話沒禮貌。

「真的可以嗎？」

「當然。」

「唉唷，那我就不那麼拘束囉。這樣才能比較快拉近距離啦！糟糕，我該回去美容室了，我會再叫朋友過來試吃。話說回來，老闆娘妳那頭髮是怎樣啊？有空也去整理一下啦！」

「我的頭髮怎麼了嗎？」

「妳真的不知道嗎？妳的髮型讓妳的臉看起來更大了。像我這樣剪個瀏海，再燙一下，臉看起來會比較小，也會比較年輕啦！好了，我先走啦！」

女子快步往一旁的巷子走去。我摸了摸自己的頭髮，是中短髮的長度，額前也沒有瀏海，整個額頭都露在外面。

女子離開後不到三十分鐘，就有另外三名女子接連來到餐廳。她們身上飄出燙髮藥水的味道，顯然才剛去美容室燙完頭髮。這幾個人一站到我面前就主動告知她們不會對海鮮過敏。真是太好了。我將食物分裝進碟子裡，一邊在內心祈求，希望小雪絕對不要用這副模樣出現在我面前。

「黃部長說這幾道菜的味道還可以。」

「物以類聚」真是古人智慧的結晶。她們口中的黃部長，應該就是剛才那名女子。而眼前這三人說話的方式、吃東西發出的咀嚼聲都跟黃部長如出一轍。聽她們稱那名女子為黃部長，顯然她在組織裡有一定的地位，想必她在職場上應該是如魚得水。

「聽妳們叫她黃部長，那妳們應該是同事吧？妳們在哪上班啊？」

我向眼前的三名女子提問。

「在禮儀公司上班啦，但現在沒在做了。」

「不是啦，我們不是在禮儀公司上班。是我們的公司跟她上班的禮儀公司有來往，所以才會認識。但因為在禮儀公司不太方便叫本名，所以才會都叫她黃部長。」

其中一名女子先開口說明，但話還沒說完，就被另一人糾正。

「對耶，是這樣沒錯。她以前是負責入殮的，雖然現在已經沒做了，辭職大概有五年了吧。她一直以這份工作為傲，還說只要自己的手腳還能動，她就要繼續從事這份工作。但後來發生一些事情讓她不得不辭職。有一次，她替一位殺人案的受害者入殮，那位受害者的遺體受損得很嚴重。她在入殮前還很用心替受害者化妝，沒想到往生的受害者居然開始動起來。動了大概有五分鐘吧，差點把她給嚇死。受害者的遺體受損得非常嚴重居然還有辦法動，真的很可怕！」

「不對，是動了十分鐘，而且往生者的眼睛還打開了。」

一旁的女子再度糾正她。

「喔，對啦，她好像說是十分鐘。往生者突然睜開眼睛，黃部長真是嚇死了！後來她就辭職了。她說經過這件事之後，一想到要去入殮，就會害怕往生者會突然動起來。話說回來，真的很高興妳能在這開餐廳耶。老實說這附近的氣氛很陰森，以前就算是白天要我經過這裡，我也會緊張得不得了。但現在有了餐廳，感覺更有溫度了。希望妳一定要平平安安，長久經營下去，我們會每天來吃飯。」

盡情試吃完後，幾名女子表示會多多替我宣傳便轉身離去。即使她們已經走遠，燙髮藥水的味道仍充斥我的鼻腔。

後來過了好久，我都沒再看到任何人經過。正當我想結束試吃時，恰好有四名國中女生吵吵鬧鬧地走了過來。我瞬間心跳加速，手腳也跟著開始顫抖，小雪會在她們之中嗎？

「體育老師叫我們過來，所以我們就來了。哇！阿姨妳怎麼會想在這裡開店啊？心臟超大顆的，好厲害喔！妳晚上有看到什麼嗎？聽說很多人都有看到耶。今天是試吃嗎？我們來得很剛好吧？對了，我們沒有對任何東西過敏，體育老師有先提醒過了。」

「今天是試吃日沒錯，妳們盡量吃吧。」

「太棒了！」

四名女生拍手歡呼。歡呼時那尖細的高音，跟小雪幾乎一模一樣。

我把食物分裝到碟子裡拿給她們，她們簡直就像四台吸塵器，一轉眼便把食物清空。她們離開後，我繼續在原地站了一會兒，等待更多路人經過。不過她們清脆尖細的聲音在我耳邊縈繞，久久沒有散去。我彷彿都能從她們的對話當中，聽出小雪的聲音。

清洗完餐具後，天色也漸漸黑了。

要不要去看看那所國中在哪？我心想。

於是我走出餐廳，往上次體育老師手指的方向走去。不知究竟走了多久，終於在爬上一座小山坡後，看見校舍出現在眼前。站在校門口，我聞到操場的氣味。那是一股由汗水、歡笑與學生的嘻鬧聲所交織出的獨特氣味。

那天下午原本有足球比賽。一看到操場，我便想起這件事。

我死的那天跟往常不太一樣。那天下午，我有兩件事要做。學校好像是因為有什麼活動，所以下午停課。原本預計上午的課結束，吃完營養午餐後，我立刻要去參加足球比賽。然後我也跟小雪約好，足球比賽之後要一起做料理。在我不到十七年的人生中，那天是最忙的一天，第一次在同一天安排了兩個行程。偏偏我就在那天早上死了，沒能參加足球比賽，也沒能跟小雪一起做菜。一想起足球我便感到胸口發熱。一開始，我只是喜歡在操場上奔跑。每到下課時間，我便會到操場上跑步。因為跑步的時候，腦袋總是會呈現一片空白，不會產生任何雜念。我喜歡在那個當下，不需要做任何思考的感覺。也因為這樣，我每天都會去跑步。跑著跑著，便逐漸跟愛踢足球的同學混熟，也發現我原來有踢足球的才能。升上國中之後，足球隊的老師曾經來問過我要不要正式加入足球隊。雖然我有些心動，但我知道，我的情況並不允許我加入社團。於是我告訴老師，我不想加入足球隊，只想在操場上跑步，偶爾踢踢足球就好。後來我把這件事告訴小雪，小雪問我會不會因為不能加入足球隊而難過？我說一點也不會。這是真的。因為我很清楚自己的處境，也知道在面對這種情況時，怎麼做才是對的選擇。我認為當我否定自己的處境，勉強自己去做一些不該做的事，就表示我不認同自己的人生、認為自己很不幸。這樣的想法，會使一個人變得很悲慘。我告訴小雪，既然未來我要成為高級餐廳的首席廚師，那我就不能當足球選手，小雪笑著接受了我的說法。

死後我渡過忘川。雖然只活了短短十六年又幾個月，但依然要接受審判。審理人身旁，有一位助手會簡略地將死者的人生朗讀給審理人聽。那就像在讀一本大事紀，將死者曾經的人生一一朗誦出來。那其中甚至有連我都不記得的事！例如我曾經在炎熱的夏天遇到流浪貓，特地去拿了些清涼的水餵牠喝。還有本來想趕在變紅燈前過馬路，卻因為看見一位行動緩慢的老人家，來不及在號誌燈轉變前走到對面，便決定放慢腳步跟在他後頭，陪著他一起走過去，避免他因為落單而太過慌忙。這雖然都是些善事，但助手朗讀的聲音卻有些嚴肅，一點也不像在朗讀善良事蹟的模樣。而這些行善的過往被大聲朗誦出來，也讓我有些不好意思。

我的善良事蹟一直持續到小學低年級，接著則是些捉弄他人、在超市偷棒棒糖之類的小奸小惡。這些早已被我遺忘的記憶一一被喚醒，其中還有在聖誕節時我辱罵育幼院贊助人的事。這件事我倒是記得很清楚。那位贊助者帶了幾箱巧克力派來，然後開始到處拍照，想留下自己行善的證明。一開始我也沒打算罵他或是頂撞他，畢竟無論他捐的是什麼，我都很感激他能在聖誕節時想到我們。所以我假裝有吃他帶來的巧克力派，還裝作吃得津津有味的樣子，只有在他要求拍照時搖搖頭表示拒絕。既然我都已經搖頭拒絕了，那他理應要知難而退，但他卻還是硬要拍照。當時我的小臼齒蛀得很嚴重，正在接受牙科治療，其實根本沒辦法吃有巧克力的零食，偏偏他想要拍到大家享用巧克力派的畫面，所以就強迫我拍照，這迫使我那天動用了自己畢生知道的所有髒話去罵他。但我罵他，不是因為我牙齒已經很痛，他還硬要逼我吃巧克力派，而是因為我的自尊心受到傷害。老實說，那時我已經十二歲了，根本不會因為吃到一個巧克力派就感動得痛哭流涕，而且也不想配合拍這種假照片。其實就算是住在預算有限的育幼院，巧克力派也不是什麼稀奇的零食。但贊助人卻誤以為只要捐贈食物給育幼院的孩子，就一定能讓孩子開心得不得了，這實在很傷人。後來再回想起這件事，我還是不認為自己有錯。即使有機會重回那天，我也會做同樣的選擇。

「哎呀，一個十二歲的孩子，居然會知道這麼多髒話。被人罵成這樣，對方的自尊心肯定大受傷害。傷害其他人的自尊心，這可是很嚴重的罪。」

審理人說。

「我從來不覺得我有錯。如果說要我為這件事反省，那我寧願受罰。還有，是那個人先傷了我的自尊心。但如果你認為只有大人的自尊才重要，小孩的自尊一點也不重要，那我就無話可說了。」

我理直氣壯地對審理人說。

「你居然還記得這件事啊？那真是糟糕，記憶沒有完全洗掉，這可難辦了。」

審理人說。

我原本只是靜靜聽著自己的生平，直到小雪登場，我才情緒崩潰。

「哎呀，從這時開始，你每天都是以打架開始新的一天，再以打架結束一天。」

朗讀我生平的助手嘆了口氣，忍不住感嘆。如果真的如他所說，我是以打架開始新的一天、以打架結束一天，那就表示我是以毆打小雪開始我新的一天，又以毆打小雪結束一天。這根本不可能！因為我絕對不能容忍小雪挨打，我可是寧願粉身碎骨也要保護小雪。

「哎呀！你居然是被人打死的！」

助手不敢置信地咂了咂舌。

「就讓你重新投胎為人吧。」

審理人聽完我的一生，丟下這一句話之後便起身離開了。

「什麼？大人，他不是打人嗎？不管有什麼不為人知的苦衷，打人就是不對！給他投胎的機會也太不公平了吧！」

助手不可置信。

「我從來也沒有做過公平的判決嘛。」

審理人乾咳了幾聲，不想再多浪費時間，立刻消失了。

「也是，我想應該是有什麼特殊用意，大人才會做出這樣的判決吧。的確，大人一直以來都沒做過什麼公平的判決。柳采宇，你現在可以重新投胎成人了。能夠獲得重生的機會真的很不容易。這就像是你好不容易從上百萬條通往來生的道路中，找到正確的那一條一樣困難。雖然你投胎的時間還沒確定，但只要在陰間稍等一下，你就能投胎到新世界去了。不過有件事我要提醒你，在你等待投胎的時候，可能會有某種東西出現，意圖搶走這個無比珍貴的投胎機會。那是一隻狡猾的狐狸，他總是能輕易找到像你這種還保有生前記憶的人。你可千萬別被他說的話迷惑，別做出愚蠢的決定。要小心、再小心。」

助手多次叮囑我。

「我有個問題，我有機會見到前世認識的人嗎？」

比起有機會投胎成人，我更關心這件事。

「沒有人能保證投胎後，還能夠繼續前世的緣分，但也沒有人能肯定曾經的緣分會就此斬斷。也許能見到，也許見不到。只是就算你們見到彼此，你們也不會記得彼此，這樣有什麼意義呢？都過去了，就別執著那段已經結束的緣分了。」

後來在我等待投胎的期間，我遇見了萬狐。萬狐跟我打包票，說我一定能見到小雪，還附上相當吸引人的條件，那就是小雪有極低的機率會記得我。對我來說，萬狐可一點都不狡猾，反而還給了我一個珍貴無比的機會呢。

我站在逐漸被夜色籠罩的操場上，發呆了好一會兒才離開。

離開的路上，我仔細觀察整個社區。當初一邊數數一邊尋找落腳處時，我沒能好好注意周遭的風景，現在才有機會仔細看看這一帶的環境。走下山坡後，右轉便是「漂亮美容室」。燈火通明的美容室內，一名穿著黑西裝的男子正在打掃。他頂著一頭捲髮，只有頭頂處依然是直髮。頭頂沒有燙捲的那一塊頭髮，特地染成紅藍相間的顏色，這個造型不知為何讓我聯想到啄木鳥。就在我看得入迷時，男子突然轉過頭來看向我，我趕緊把視線別開，但他還是注意到我，並走上前來打開美容室的門。

「妳要做頭髮嗎？不過我們今天要休息了，請妳明天再來吧。對了，妳是那間新餐廳的老闆娘吧？黃部長姐姐跟我提過妳。」男子問。

「對。」

「我有機會也會過去餐廳看看的，姐姐們一直稱讚妳餐廳的食物很好吃呢！」

這個男人，為何一直「姐姐」、「姐姐」叫個不停啊？真是肉麻！

不願想像之事

早上才一開門，黃部長就帶著朋友們闖進來。她們說今天是黃部長的生日，幾經思考過後，她們認為這裡最適合辦生日派對。奇怪，老實說，我店裡的食物根本就不適合辦生日派對啊。

她們四個女人，明明只要一張桌子就夠了，卻偏偏要併桌。好不容易幫她們點完餐之後，她們其中一人說要去買蛋糕，另一人則說要去買花，一下子只剩下兩個人坐在餐廳裡。蛋糕跟花買回來之後又說忘了氣球，其中一人又匆忙跑出去補買氣球。光是準備這些生日派對的必須物品就花了至少一小時。我擔心這樣餐點會冷掉，好心提醒她們，卻被她們當耳邊風。想辦生日派對就應該提前準備吧！怎麼會把餐廳當自己家，盡做一些沒有常識的事情？真讓人難以理解！一切準備就緒後，她們開始吹氣球，並把氣球綁在店裡，還用剛買來的花做裝飾……這生日派對的準備流程也太複雜了。真不知道她們怎麼能這麼吵，吵得我暈頭轉向，煩死了！

我實在不想去看她們吹氣球、做生日裝飾的情況。又沒有人規定氣球一定要綁在天花板上，她們卻堅持要綁上去。她們都已經把椅子搬到桌子上，人站上去之後再踮腳尖，還無法順利把氣球綁上去。幾經波折之後，生日派對終於準備完成，我也終於能讓餐點上桌。

她們先是點了祕密武器五人份、雪融布丁三人份、蔥薯羅曼史五人份。份量雖然不少，但餐點竟在上桌五分鐘內被一掃而空。看來她們根本就不在乎吃冷掉的餐點。瞬間清空所有盤子之後，她們又加點了祕密武器五人份、雪融布丁三人份。但她們覺得蔥薯羅曼史的味道太怪了，不怎麼想再吃第二次，便沒有加點。加點的食物依然是上桌五分鐘內便被掃光，接著她們還想再次加點。我不確定一口氣用掉這麼多食材到底會不會有問題。我心裡雖然相信萬狐，但還是不免有些不安。

「不好意思，餐點只能加點一次喔。各位已經加點過一次了，不能再加點了。」

「為什麼不行？」

黃部長瞪大眼睛問。

「這個嘛……因為……食物這種東西，最重要的就是吃起來美味啊。但再美味的食物一旦吃太多，反而就會覺得不美味了。這對做出這些料理的人來說是非常不幸的事。所以我希望我的料理在各位的心中，能夠停留在最美味的那一瞬間，這樣妳們才會常來，我的餐廳才能長久經營下去啊。」

這當場編出來的藉口，聽起來居然頭頭是道，連我自己也嚇了一跳。

「誰說的？誰說吃太多就會覺得難吃？每個人不一樣啦，個人有個人的喜好，我們吃再多都會覺得很好吃啊，對吧？」

「對，除非沒東西吃，否則我們什麼都覺得好吃。」

其他幾人同聲附和。

「真的很抱歉，不能再加點了。」

老闆都不想繼續接單了，真不明白她們為何如此堅持。人家不是都說老闆最大，要不要做生意是老闆說了算嗎？

就在這時，餐廳的門被推開，一名穿著黑西裝的男子出現，我認出來人就是「漂亮美容室」的老闆。黃部長跟幾個一起上美容室的朋友，一見王老闆出現，便大讚王老闆來得恰到好處、抓時機的技巧跟他做頭髮的手藝一樣好。

「既然有新的客人加入，我們可以再點了吧？我們漂亮美容室的王老闆可是大胃王呢。他可是能在中式餐廳一口氣吃掉十碗炸醬麵的紀錄保持人喔！祕密武器、雪融布丁、蔥薯羅曼史都各來五人份吧。不對，蔥薯羅曼史取消，那個蔥的味道太重了，祕密武器再多來五人份。」

黃部長帶著勝利者的微笑向我點餐。

如果這些人明天也來、後天也來，那可就完蛋了。冰箱裡的食材會全部用在他們身上，寶貴的時間也會全部浪費掉。一想到這裡，我忍不住打了個冷顫。我好不容易用新的人生換到這點時間，不能就這麼浪費掉啊！有沒有什麼辦法，能讓他們從明天開始不敢踏進店裡？

「咦？我好像在哪裡看過這個耶！」

菜才剛上桌，王老闆便指著祕密武器，說出一句令我頭皮發麻的話。

「怎麼可能？應該是你記錯了吧？」

我的口氣非常沒有禮貌，但我只是希望王老闆別開無聊的玩笑。畢竟如果他是小雪，那我怎麼受得了？

「真的嗎？我都活到六十幾歲了，從來沒見過這種料理耶。不過也是啦，王老闆曾經去國外學髮型設計，也有可能是在國外吃到的。像我們這種井底之蛙哪能比呢？」

黃部長說。

什麼國外，祕密武器是我跟小雪一起開發出來的料理！

「我好像知道這個捲成圓柱狀的東西裡面有什麼。」

王老闆瞇著眼仔細端詳桌上的祕密武器，彷彿這麼做就能透視其中的奧秘。我有點緊張，他該不會真能說出其中的祕密吧？

「裡面放了地瓜、紅蘿蔔、黃瓜、蘋果等各種蔬果切碎製成的餡料，對吧？」

王老闆說出這句話的那一刻，我的腦袋一片空白，彷彿有誰拿鈍物朝我的後腦敲了一下。因為除了黃瓜，其他的材料都被他說中了。由於奶油的味道很濃，所以一般人在實際吃到內餡之前很難猜到裡面包了哪些食材，他為什麼能猜到呢？王老闆夾起一個祕密武器放進嘴裡。糟糕，就在這時，我想起裡頭加了蟹肉，也想起自己沒有先問他是否對螃蟹過敏。

「你對螃蟹過敏嗎？」

「對螃蟹過敏？我不知道耶。但我的確很容易過敏，很多食物都不能吃。」

我彷彿又被人敲了一記悶棍。

「過敏又怎樣？去醫院打個針就好啦。現代醫學這麼發達，別擔心這種小事啦！先吃吧，人家不是說撐死總比餓死好嗎？只要吃得開心，生點小病也沒關係啦！」

黃部長到底從哪聽來這麼多歪理？

「你想清楚喔，有對螃蟹過敏嗎？」

我又問了一次。

「仔細一想好像有耶。不，我應該沒有。啊，我不知道，不記得了啦。」

王老闆的回答很模糊。

「這間店沒有我想得那麼可怕耶。之前都只是聽幾位大姐形容，還以為這裡根本是凶宅，超級陰森。妳們真的有在這裡看過什麼嗎？我聽說有人看到樓梯上有人影，還有人對外面的行人招手，這是真的嗎？」

王老闆邊吃邊問。

「聽說真的有，而且好像都只出現在小孩子面前。是不是有什麼話想對小孩說啊？」

「你們在說誰？」

「還會是誰？當然是鬼啊！其實，我們也沒辦法一口咬定說這裡沒有鬼。搞不好之後妳真的會遇到有人來吃晚餐，吃完之後就像煙一樣消失不見也說不定喔。」

「話說回來，我覺得這真的很神奇耶。這餐廳的老闆好像有一股神祕的力量，能吸引大家自動上門來吃飯。畢竟這裡的傳聞那麼可怕，就算菜再好吃，也沒人敢相信自己竟能安心坐在這裡吃飯吧！如果是以前，根本就不會想走進來嘛。但現在卻像被什麼吸引一樣，真的會忍不住一直想來耶！」

王老闆與這群女子嘻笑聊天時，我又做了一份加了蟹肉的祕密武器，說是特別招待。他們五人一直待到下午三點多，留下像山一樣高的空盤子後便揚長而去。臨走前，王老闆還外帶了兩份祕密武器。餐廳吵吵鬧鬧超過五個小時，在他們離開後瞬間安靜了下來。但我卻心煩意亂，只能呆坐在店裡，等著情緒平復。

「王老闆沒有明確說他對螃蟹過敏，是我太敏感了吧？都還沒確定的事情，我根本不需要在這杞人憂天。對，不必擔心還沒發生的事。」

我甩甩頭，試圖甩開多餘的煩惱。一想像我對著王老闆說出前世沒能對小雪說的話，就覺得渾身發毛。

但仔細想想，怎麼可能每件事都如我所願的發展呢？

萬一王老闆真的是小雪，那我也無可奈何啊。只是如果真是這樣，我就無法遵守與小雪的約定了。不，只要能完成蔥薯羅曼史，就等於是遵守了一半的約定。但這又有什麼意義呢？我就是為了見小雪一面，才決定選擇這條不知能不能抵達終點的路。在答應萬狐的時候，我還一心認為無論小雪是什麼模樣，我都不會在乎。可是實際來到這裡我才明白，我的「不在乎」根本是座隨手一推就會傾倒的沙堡。每遇見一個新的人，我首先想的都是不知對方是否對螃蟹過敏，如果對象的外表不符合我的預期又會讓我膽戰心驚。但即便如此，我仍不覺得後悔，因為我想看看小雪現在究竟是什麼模樣。

「對啊，外表一點也不重要。只要她這輩子能獲得幸福就夠了。只要看到她幸福，我也就滿足了。只要能完成蔥薯羅曼史，並讓小雪吃到、聽她說喜歡這道菜，最後告訴她說『很抱歉，沒能遵守要保護妳的約定』，再把自己的心意說給她聽就好。對，還是不要太貪心了。」

我安撫自己。為了讓自己在確定王老闆真的是小雪時不要太過失落。為了事先做好承受打擊的準備，我必須先安撫自己，但這安撫一點用也沒有。我可以聽見自己的內心正在聲嘶力竭地大吼。我非找到小雪不可，是因為我有話想對她說，但如果王老闆就是小雪，我實在說不出口，也就失去繼續待在這裡的理由了。

「我還是先別去煩惱這些沒發生的事，等個兩天看看吧。如果他真的對螃蟹過敏，那應該會起疹子、全身紅腫或雙眼充血，更嚴重的話甚至會有呼吸困難等症狀。」

這時，之前那個孩子推開了餐廳的門，滿頭大汗地衝進來。

「我姊姊……我姊姊……」

孩子喘得上氣不接下氣，連話都說不清楚。

「你姊姊怎麼了？她又打你了？那你乾脆躲起來嘛，不然就是去跟你爸媽告狀。我現在沒心情聽你說話，也沒心情去管你們姊弟吵架，更沒時間去幫忙勸架。」

「不是啦……」

孩子喘著氣，手指著外頭，看來似乎是真的出了什麼事。我跟著他往外走，他帶著我一路跑到一塊空地。

「天啊。」

親眼目睹空地上的情況後，我驚呼了一聲。兩個穿著相同制服的女生，一人跪在地上，另一人舉著拳頭作勢要揍人，看就知道是一人在對另一人施暴。看見這個情景，我內心瞬間燃起怒火。我立刻衝了過去，一把揪住衣領，把那個舉著拳頭的女孩子拉開。

「老女人，妳是怎樣啊？幹嘛啦！」

被我抓住的女孩奮力掙脫我的手，氣沖沖地把領口拉整齊。我注意到她胸前的名牌上寫著「具珠美」三個字。這個叫具珠美的孩子噘著嘴，一邊低聲抱怨說「真是倒楣」。

「小心我打死妳！什麼叫真是倒楣？」

我舉起拳頭。

「幹嘛？要打我喔？打啊！來，打啊，快打！」

具珠美站到我面前，拼命把頭湊過來要我打她。我本來真的想打她，但還是忍住了。現在可不是讓我亂發脾氣的時候，因為我怕這樣一鬧，事情會變得更複雜，我可不能隨便浪費時間啊。於是我決定放下拳頭。

「幹嘛？我叫妳打啊，打不下去喔？怕了吧？怕了所以不敢打我吧？老女人，妳要是會怕，就不要管別人的閒事，管好妳自己就好！憑什麼多管閒事啊？我真的有夠倒楣。」

「哼，妳這張嘴說話這麼沒大沒小，小心給自己惹麻煩。」

「關妳屁事喔！」

被她這樣一罵，我好不容易平息下來的怒火又燒了起來。我想盡辦法按耐自己情緒，具珠美卻只是不屑地笑了一聲便轉身離開。

那個跪在地上的孩子抬起頭來，我看見她的額頭上有一道傷口。她剛才肯定是單方面挨打都沒有還手，具珠美身上才會一點傷也沒有。我伸出手想扶她，她卻看也不看我的手，逕自站起身來拍了拍身上的塵土，然後便頭也不回地離開。這一切讓我感到荒謬。我救了一個挨打的人，她卻連一聲謝謝也沒說，如果是因為自己被打讓她感到羞愧或丟臉，所以無法開口道謝，那至少可以向我點個頭表示感謝吧？可是她的態度卻好像對我很不滿，連看都不看我一眼就轉身離開是怎麼樣？雖然我阻止她們起衝突，大動作拉開具珠美阻止她繼續揍人，不是為了讓她感謝我，但這種被忽視的感覺實在很不是滋味，我真的很生氣。

「喂，妳走之前至少該跟我道謝吧？都是因為妳，我無緣無故被罵一頓耶！」

我對著那女孩的背影大喊，她卻充耳不聞，頭也不回地走掉。

「這附近的人也太奇怪了吧！話說回來，剛才那孩子跑哪去了？」

我東張西望，卻怎麼也找不到跑來餐廳跟我求救的孩子。

回到餐廳才發現，他就坐在餐廳裡等我。

「剛才那是怎麼回事？」我問他。

「你姊姊沒事了，她回家了。不過我跟你說，你姊姊有點沒禮貌喔。」

「她才不只是沒禮貌咧，她超級壞！」

他現在的樣子，跟剛才拼命跑來求我去救姊姊的模樣判若兩人。

「她們兩個剛剛打來打去嗎？」

「如果要打來打去，那兩個人要勢均力敵啊。要是其中一個人很厲害，另一個人怎麼會想跟她打？好吧，我想你根本不懂這是怎麼回事。快回去吧……我有很多事情要處理，我想一個人靜一靜，今天就不做生意了。而且今天準備的食材都用光了，我的料理是限量的，無論如何都不會超賣。」

當然，這也是我當場胡謅出來的規矩，但我覺得自己這套說詞真是棒極了。

孩子什麼也沒說，只是靜靜起身離開了餐廳。他離開後我仔細想了想，發現這對姊弟還真像。我剛才救了他姊姊，他應該跟我說聲謝謝吧？

我決定不繼續去想這起怪異的事件。我望著窗外，回過頭來思考關於王老闆的事。

不知道王老闆的狀況怎麼樣……如果他過敏得很嚴重，那肯定是一吃下去就會有反應，以前小雪就是這樣。

我心中浮現一絲不安，很想立刻確認王老闆的狀況。於是我來到「漂亮美容室」，走進店內一看，才發現這間店雖然外觀破舊，但店內卻是另外一幅光景。美容室內部整體採用了原木裝潢，兼具現代、成熟與舒適感。

「哎呀！這不是餐廳的大姐嗎？」

我走進店內時，王老闆正站在鏡子前面，不知在往臉上抹些什麼。

「妳要燙髮嗎？」

「對。」

「妳這樣就對了，我第一次看到妳的時候，就覺得妳的髮型需要換一下。人啊，只要換一個對的髮型，整個氣質就會變得更高貴。妳先穿上這個坐下吧。」

王老闆讓我穿上褐色的剪髮罩，並指著一張椅子要我坐下。來到這裡的第一天，我就用剛才那個孩子的手機確認過自己現在的長相，但一直到今天，我才有機會透過鏡子看清楚自己的模樣。看著鏡中的自己，我忍不住嘆了口氣。

「姐，妳可別嘆氣啊，雖然我知道看到自己一頭亂髮的樣子實在很難不嘆氣。不過呢，我會用我的手藝盡力幫妳的。」

王老闆撥了撥我的頭髮，並朝著我的頭噴了一些水，但我的頭髮似乎一點變化也沒有。於是他提議先去洗頭，讓頭髮服貼一點再來修整。我躺到洗髮的位置上，他將我整顆頭均勻抹上洗髮精，開始為我洗頭。洗頭的同時他也順便替我按摩，他的指尖非常有力，整個過程舒服得讓我全身都快融化了。

「糟糕！錢！」

洗完頭髮後回到位置上，王老闆開始幫我吹頭髮。這時我突然想起，不知道該怎麼付錢才好？我不斷思考，到底該去哪裡弄點錢來，這才想起稍早從黃部長那收到了餐費，不知道那些夠不夠付燙髮的錢？應該不至於不夠吧？

「今天這樣多少錢啊？」

「我不會多收妳錢啦！收妳基本的藥水費就好了，而且我會幫妳用最好的藥水，還幫妳護髮，好嗎？」

「我就是想問那個基本的費用是多少？你到底要收我多少錢，還是麻煩跟我講清楚吧。」

「哎呀、哎呀，姐，妳人看起來沒這麼嚴肅啊，怎麼這麼一板一眼啊？我就收妳十萬韓元啦。」

我差點尖叫。十萬韓元？他這句話的意思是說，本來應該要收更多的錢，現在已經幫我大打折了，是嗎？我完全沒想到燙髮會這麼貴！我回想剛才黃部長她們吃那頓飯，我到底收了多少？黃部長她們說要刷卡，但我說不能刷卡，又跟她們說了一個數字，然後似乎又給了一點折扣……雖然不太確定，但應該是超過十萬才對。想到這裡，我才鬆了口氣。

我一邊燙髮一邊觀察王老闆。仔細觀察下來，完全看不出他有任何過敏的症狀，我這才終於放下心來。

「結果很不錯喔，來洗頭吧。」

王老闆一臉滿足，似乎是非常滿意他這次的作品。

又洗了一次頭、把頭吹乾後，我看著自己的新髮型差點沒哭出來。王老闆說要幫我大升級，沒想到竟然是讓我的年齡大升級。

我想，過陣子頭髮應該就不會那麼捲了吧？我告訴王老闆說身上沒帶錢，要回餐廳拿錢。只是一回到餐廳打開抽屜，我瞬間愣在原地。抽屜裡竟什麼也沒有！我開始回想，收下黃部長付的餐費之後，我確實是把錢收進抽屜裡了啊。難不成這是一個會吃錢的抽屜嗎？只要把錢放進去就會不見？到底是怎麼回事？

「該不會……」

我想起剛才那個孩子。

「不可能啦。」

我試著甩開無謂的想法。雖然不該懷疑別人，但這個推論的確很合理。剛才我收了餐費後就放進抽屜，才剛坐下來休息，那孩子就立刻出現找我去幫忙。我跟著他往公園跑去，解決完事情後，才發現那孩子根本沒有留在公園，而是跑回來餐廳裡等我。一般來說，應該會躲起來看自己的姊姊是否平安才對吧？

「如果是他把錢拿走的，那我就真的要好好教訓他了。話說回來，這燙髮的錢要怎麼辦啊？」

想來想去，答案只有一個。我帶著滿心的愧疚告訴王老闆，說沒辦法立刻付他現金，但他可以來我這裡吃價值十萬韓元的餐點。還說隨時隨地都可以，只要他想吃就過來。沒想到王老闆完全沒有生氣，還欣然同意我的提議。他說恰巧附近沒什麼餐廳合他的胃口，害他最近都只能吃泡麵。我做的食物算是挺對他的胃，能有這種免費吃飯的機會，他當然很高興。無論如何，事情能順利解決真是太好了。反正我還要多觀察王老闆一陣子，找藉口讓他多來幾趟也不壞。

這天不知為何，時間過得飛快，轉眼間天就黑了。雖然短暫，卻也發生了不少事情。我注意到手掌心上的印章，似乎又消失了一點點。

奇異的聲音

整晚我都聽見二樓傳來奇怪的聲音。像是有人在拖著什麼的聲音，每隔一段時間就會響起。我躺在床上聽著聲音做了很多想像。我所想像的眾多畫面之中，最為清晰的就是有一個人拖著屍體，在二樓到處走來走去。這個畫面搞得我心煩意亂，整夜都睡不好。天亮之後我才上到二樓查看，我從戶外的樓梯來到二樓，用了點力想把門推開，卻發現門還是緊緊鎖著。

「該不會是我聽錯了吧？」

但昨晚的聲音實在太清楚了，要說是聽錯，似乎也不太可能。

「難道是有人住在這裡嗎？」

我把耳朵靠在門上，沒聽見任何聲音。瞬間我想起消失的錢，如果二樓真的有住人呢？畢竟只要是人，肯定都會需要用錢吧。

「等那孩子下次再來，我一定要問他是不是把錢拿走了。如果錢不是他拿的，那肯定是二樓有人。雖然聽黃部長的說法，似乎是這裡鬧鬼，但我覺得不是，會需要錢的肯定是人。」

走下樓梯時，我才發現不遠處有個穿著制服的孩子正往我這裡看。我仔細看了一下，發現是昨天跪在公園裡挨打的那個女孩子。

「妳要去上學嗎？」

我趕緊跑下樓梯。

「妳來這幹嘛？是要來跟我道謝嗎？」

說話的同時我瞥了一眼她的名牌。原來她叫做高同美。我問了一堆問題，她一個也沒有回答。

「怎麼了？妳也很好奇我在這過得怎樣嗎？這附近的人似乎都很想知道我晚上睡得安不安穩。」

「不是那樣的，是因為這條路是上學的捷徑。」

「這我知道，但我聽體育老師說，雖然這是條捷徑，但大家因為怕被詛咒，絕對不會走這裡。還有，我覺得妳真的應該好好謝謝我。昨天要不是我插手幫忙，妳肯定會被痛打一頓。不要說是我嚇妳，我看就知道了，打妳的那個人一副就很會打人的樣子，光看她舉起拳頭的角度我就知道。」

高同美盯著我看，還是不打算說話。

「如果妳還是不想道謝那就算了，我幫忙也不是為了要妳謝謝我。有空叫妳弟弟來我們餐廳一趟吧，也叫體育老師來，說我要做好吃的東西請他們吃。」

我說這話的意思是想告訴她：我跟你們老師很熟，給我放尊重點！妳這沒禮貌的小丫頭！

「好。」

她的回答簡短且生硬。

原本陽光普照的天氣，不知何時變得烏雲密布，天色十分陰沉，彷彿隨時都要下雨。我在餐廳裡打掃到一半，一陣風吹進來，一顆斗大的雨滴打在我身上。我抬頭一看，才發現外頭已經下起傾盆大雨。我暫時放下手邊的工作，坐在窗邊欣賞一下雨景。

「上次辦試吃的效果似乎不錯。等一下雨停後，要不要到學校附近去辦試吃呢？大馬路上似乎有一間購物中心，不如也去那邊做一下試吃吧。」

雖然食材的問題還是讓我掛心，但我決定相信萬狐。不過一方面也有些擔心黃部長跟她朋友們的大食量會讓萬狐來不及補貨。她們幾個根本就是食物吸塵器。

要不要乾脆準備一個「今日食材已經用罄，提早結束營業」的牌子？我可以站在門邊觀察，一看黃部長那群人出現，就立刻把牌子拿出來掛上，等她們離開再把牌子拿下來。

這個方法不錯，但如果想做到這點，就得時時刻刻守在門邊，似乎又不是那麼方便。可是我左思右想，都想不出更好的方法。

「不管了，以後再說吧，今天就先把今天份的食材備好。蔥薯羅曼史的做法也要換一下，看看能不能做到完全吃不出蔥味。」我相信一定有方法，能夠讓這道菜完全吃不出蔥味。

小雪隨時可能出現，我必須做好萬全準備迎接她，一定要持續研究蔥薯羅曼史。

我打開冰箱門。

「這些東西是什麼？」

冰箱裡塞滿了我沒見過的食材，昨天還沒有這些啊！

「這是怎麼回事？」

我首先想到前幾天夜裡那個拖拉東西的聲音。我一直以為是從二樓傳來的，但仔細一想，也可能是潛意識誤導了我。因為一直聽別人說二樓可能有住人，潛移默化之下，以至於晚上聽到聲音，便認定聲音是來自二樓。也許那是從二樓搬東西下來的聲音也說不定。因為東西實在太重了，所以只好用拖的。如果那是從二樓搬東西下來而發出的聲音，那製造聲響的人一定是萬狐。萬狐為什麼要在半夜偷偷做這種事？如果是萬狐，那跟我碰到面也沒關係吧？我越想越是疑惑，想不出個答案，腦袋一片混亂。

「哎呀，不管了！重要的是，現在冰箱裡面塞滿了新鮮食材，這樣我就不必擔心食材用完了。而且現在也知道食材快用完時會有人替我補貨，這樣就夠了。」

不用打電話訂貨，食材也會自動送來的模式，讓我很滿意。

我從冰箱裡拿出大量新鮮食材，不惜成本用食材不手軟，做出來的料理肯定也很美味。

——剁剁剁剁剁

我把蔥切成蔥花，加點鹽簡單醃製（我覺得這樣可以稍稍削弱蔥的味道），再將馬鈴薯切開，最後將醃好的蔥與馬鈴薯拌在一起，完成了改良版的蔥薯羅曼史。我試吃了一口，蔥的味道還是很明顯。後來我又換了好幾種做法，但全都失敗了。不知不覺，時間已經來到下午兩點。

正當我專注地在做祕密武器時，有人開門走進餐廳。我抬頭一看，發現是那個孩子，看來高同美有把我的話轉告給他。

「我這個人講話比較直接，因為講話拐彎抹角可能會模糊焦點，所以我就單刀直入地說了。『單刀直入』就是我要直接說出我想講的話。我問你，你有碰那個地方嗎？」

我指著櫃檯。

「沒有。」

「我再說精準一點，你有打開抽屜嗎？」

「我幹嘛要打開抽屜？妳覺得我是小偷喔？」

只見那孩子瞪大了眼，一副立刻要哭出來的樣子。我只是問他有沒有開抽屜，他竟然立刻聯想到小偷這兩個字，這代表他肯定是小偷嘛！如果抽屜裡的錢不見跟他無關，才不會立刻做出這種反應。我本來只是懷疑可能是他，現在我的猜想被證實，反而讓我一下子不知該怎麼處理。我太急了，都還沒想好該拿他怎麼辦，就質問他是否偷了我的錢，我有點後悔自己的衝動。現在是該安撫他，再告誡他不能偷錢嗎？還是要狠狠訓他一頓，並要他立刻把錢還來呢？無論如何，我都絕對不能姑息這種行為。雖然食材跟燙髮的費用問題都解決了，現在我也不需要錢。但還是不能這樣就算了，這也是為了他好啊。

沒想到我居然會為這種事煩惱。

其實，以前的我反而是造成別人困擾的那一方。想起當年我去超市偷棒棒糖的時候，超市阿姨內心不知道有多麼掙扎。她明知道我偷的不過是根小小的棒棒糖，但還是不能睜一隻眼閉一隻眼。最後她偷偷把育幼院辦公室的姐姐找來，告訴她我偷了一根棒棒糖。我記得當時超市阿姨說：「雖然只是根棒棒糖，但為了這孩子好，絕對不能就這樣放過他。」當時那位姐姐才剛到育幼院上班，她也沒有通知院長，反而是跟超市阿姨兩人一起解決我的問題。最後她們讓我去超市無償打掃了兩天。雖說是打掃，但也沒有多辛苦，她們只是要我把陳列糖果的貨架清乾淨而已。超市阿姨還告訴我，我打掃時如果想吃糖，可以儘管從貨架上拿。可是那兩天裡，我一顆糖也沒有吃。經歷這件事情之後，我就絕對不再偷任何東西了，也因為這個經歷，我覺得不能輕易放過這孩子。我去打掃的那兩天，超市阿姨說我可以盡量吃糖這句話，對我究竟產生了什麼影響，居然會讓我決心再也不偷東西，我至今都還想不通。不過我認為阿姨跟姐姐的做法沒錯，她們的決定也成功改變了我。我想著她們給我那兩天的懲罰，一邊思考究竟該怎麼懲罰眼前這個小朋友。

「我沒有拿錢！」

見我還是不相信他的樣子，他雙拳緊握，氣得哭了出來。雖然我心裡認定是他，但我還是得先讓他願意承認自己的錯，畢竟他要是不認錯，我也不能要他來打掃餐廳。不管怎麼想，都想不出像超市阿姨和辦公室姐姐那樣有智慧的解決方法。

「沒拿就好啦，幹嘛哭啊？」

「我很委屈啊！我明明就沒拿錢，可是妳卻誣賴我有拿，這是全世界最委屈的事情！我姊姊每天都罵我把她東西弄不見，讓我覺得好委屈，這已經讓我很難過了，現在連阿姨妳都這樣！妳們這樣我會很緊張耶，幹嘛都懷疑我？」

孩子一下大哭了起來，我啞口無言，只能讓他哭個夠。過了一陣子他似乎終於哭夠了，才用手擦了擦眼淚，然後盯著我放在一旁的祕密武器。

「你要吃嗎？」

「要。」

我切下三分之一的祕密武器裝到盤子裡拿給他，他一下子就吃光了。

「我可以再吃一點嗎？我剛剛放學還沒吃東西，好餓喔。」

我又多切了兩塊祕密武器給他。

「我告訴你，以後你遇到這種委屈的事千萬不要哭，你要慢慢解釋。如果你遇到事情就先退縮、先哭，反而更容易被人懷疑。別人會覺得『哎呀，他肯定是知道自己有錯，才會被講一下就哭了』。我啊，認識一個人，她也是不管發生什麼事都先哭再說，就算沒事也要哭。不管是被人捉弄、被打還是被懷疑，她第一個反應就是哭，她最擅長的事情就是哭，所以她就一天到晚都在哭啦。可是你知道那些愛捉弄人的人都是怎麼想的嗎？如果一捉弄對方，對方就立刻有反應，那會讓他們覺得很有趣，反而會讓他們更喜歡捉弄這個人。」

小雪是個愛哭鬼。我記得第一次見到小雪那天，她正抱著一個小小的熊玩偶哭個不停。說實話，當時的她已經超過能抱著熊玩偶哭的年紀了。我跟小雪初次見面時，她十歲，我十一歲。我不知道她為什麼會到了十歲才來育幼院（小雪認為這是馬鈴薯湯或馬鈴薯燉菜的詛咒），不過我也從來沒問過她原因。育幼院的孩子裡，有些人會把自己來育幼院的經過說得栩栩如生，但大多數的人都會把那當成一個絕不能外洩的祕密，將來到育幼院的原因深埋在心中，也非常討厭別人問起。

就像我，當時爸爸突然過世，我們家極度貧窮，不想點辦法求生就會立刻餓死，媽媽無奈之下只能拋棄我，把我送去育幼院。我不想跟任何人提起這些事，更希望到死之前，這都會是屬於我一個人的祕密。那就像一種動物本能，保護自己不要因此受傷。

遇到事情只會哭的小雪，很快成為大家攻擊的目標。不管是被人捉弄還是被人打，她除了哭之外，也不會找其他的方法解決。所以大人即使經常看到小雪在哭，卻不太在意她為何而哭。小雪只能獨自承受這些傷害與痛苦，從來沒有人想到要去替她療傷。

「不要再哭了啦！笨蛋！就是因為妳遇到事情只會哭，也不講自己被欺負，所以才沒有人要幫妳。」

有一天，我狠狠揍了那些捉弄小雪的傢伙一頓，然後大聲訓斥小雪。從那天起，我開始教小雪忍住眼淚的方法。我告訴她，想哭的時候可以咬緊牙關，用力睜大雙眼，在心裡從一數到一百，或是看著天空想其他事情……小雪很聽我的話，每次想哭時都會試著轉移注意力。我們因此越來越熟，最後她也終於擺脫愛哭鬼的稱號。

「就很委屈嘛，要怎麼不哭？好啦，阿姨，妳可以做雪融布丁給我吃嗎？」

於是我做了雪融布丁給他吃，也做了一份蔥薯羅曼史，但他說蔥的味道實在太重了，他吃不下去。

「你味覺還真是發達啊，滿懂吃的嘛。其實蔥薯羅曼史這道菜還沒有完成，我還要多研究一下才行，可惜一直沒機會好好研究。」

「為什麼？為什麼不繼續研究？」

「就之前發生一些事情啦。但我現在又重新開始研究了，我肯定很快就會完成，到時你再來吃。還有啊，叫你姊姊有機會就來一趟。雖然她有點沒禮貌，我幫她忙，她卻不願意跟我道謝，但我還是會做好吃的東西請她吃。你叫她過來吃飯，我會順便叮嚀她，叫她別對你太壞，不要讓你覺得委屈。奇怪，她在家裡這麼霸道，怎麼到外面還會挨打啊？我也要好好教她，讓她在外面可以大膽一點，不要被欺負。」

「妳會免費請她吃嗎？」

孩子的眼睛睜得老大，我點了點頭。

「那我一定會叫她來。我吃飽了，先回家了，謝謝。」

孩子放下筷子後起身準備離開。剛才他還因為我質問他有沒有開過抽屜，而委屈得大哭了一場，現在似乎已經徹底忘記剛才發生的事。

「對了，你叫什麼名字啊？我都還不知道你的名字耶。」

「我叫具東燦，那阿姨咧？」

「我喔？我叫……柳采宇。」

「好，柳采宇。柳采宇阿姨。」

「等等，你說你叫什麼？高東燦？」

「不對，我叫具東燦。」

我記得早上遇到的那個女孩叫做高同美，那這孩子應該要姓高才對。我感到有些疑惑，隨即又搖搖頭，認定姊弟姓氏必須相同的想法真是太迂腐了。家族的型態可以有很多種，沒人規定姊弟一定要同姓嘛。

例如跟我住同一所育幼院的黃民伊，他在育幼院住了超過十年，他媽媽才突然出現說要把他帶走。由於育幼院規定，院生在高中畢業後必須搬出去獨立生活，所以他一直很擔心離開育幼院後的日子。但在他升上高中之前，他的親生媽媽就來到育幼院表示要把他帶走，這讓他的擔憂瞬間煙消雲散，也讓他的未來獲得保障。不過他被媽媽帶走後沒幾天，又跑回來找我。他說他得叫一個沒見過面的男人為「爸爸」，還得跟那個男人的兒子住在一起。全家只有他一個人姓黃，他覺得自己就像獨自在太空中漂流，孤獨得不得了。後來他還有再來找我幾次，但不知從何時開始就沒再出現了。我相信他之所以沒繼續來找我，應該是因為跟家人相處越來越融洽，這也算是一種家的形態吧。所以我覺得，認定兄弟姊妹一定要同姓氏的想法，實在是太食古不化了。

這時，王老闆來到店裡，說他想吃頓午晚餐。我便開始替王老闆準備餐點，具東燦也離開了。

幸好，王老闆很正常，一點也沒有過敏症狀。這讓我高興得不得了，於是多做了三份祕密武器請他吃。即使他老是喊我餐廳大姐讓我聽了渾身發麻，我也願意忍受。他一邊吃飯一邊細數自己在國外學美髮時吃過的美食，並暢談自己對那些食物的評論，我也耐著性子聆聽、應和。放下一切擔憂，單純地跟這位開美容室的王老闆相處下來後，才發現他人其實很好。個性很隨和，也沒有什麼惹人厭的壞習慣。除了他動不動就會肉麻地大喊「天啊！姐姐！」之外，實在沒什麼缺點。

王老闆嘴上說自己吃到肚子快撐破了，卻還是外帶了兩份雪融布丁回去。他離開之後，我終於能夠回到房間稍事休息。不知為什麼，我突然覺得很睏。可能是因為確定王老闆不是小雪，讓我緊繃的情緒瞬間放鬆下來。我因此非常開心，敞開心胸跟他大聊了一番。畢竟，社交真的很累人嘛。

就在我快睡著時，一陣刺耳的鐵片摩擦聲把我驚醒，我想這應該是有人推開餐廳門的聲音。

我走出房門，看見高同美站在餐廳門口，手還扶在門把上，一臉猶豫不知該不該走進店裡。她這麼快就來餐廳報到，看來是東燦把我的話轉告給她了。

「快進來吧。」

我盡可能地換上最和藹的笑容。

「我可以進去嗎？」

「當然可以，快進來坐吧。」

高同美小心翼翼地坐到我指定的位置。她不安地四處張望，還一邊咬著手指。沒過多久，她就說想去一下廁所。她沒有問我廁所在哪，就毫不遲疑地逕自往廁所走去，看來她應該曾經來過這裡，不然怎麼會連問都不用問就知道廁所在哪？稍後她回到位置上坐好，又繼續咬起指甲。

「妳有看到牆上的菜單吧，妳想吃什麼？今天我請客，別擔心，想吃什麼儘管說。不過蔥薯羅曼史還是下次再吃比較好，因為那道菜還沒研發完成。」

「奇怪，阿姨，妳為什麼要請我吃飯？」

「因為我是餐廳老闆啊，我想請誰就請誰。」

「我知道妳是餐廳老闆，我的意思是說，妳跟我有什麼關係？為什麼要免費請我吃東西？」

「偶爾就是會想請請客嘛。妳不要計較這麼多，放心吃就是了。想吃什麼？要做點祕密武器給妳吃嗎？」

「我不是來吃東西的。」高同美低下頭。

「妳不是叫我轉告體育老師，要他過來一趟嗎？請妳不要拜託我這種事，我不喜歡。我怕妳以為我會轉告他，一直等他來，所以特地來跟妳說。而且我沒有弟弟，我是獨生女，我爸媽只生了我一個，我想妳可能認錯人了。」

「妳沒有弟弟？」

「我爸爸是消防員，在我出生之前，我還在媽媽肚子裡的時候，他就出任務殉職了，所以我當然不會有弟弟。」

我沒多說什麼。既然她否認自己有弟弟，那我就接受她的否認吧。

「好，沒關係。體育老師可能會路過自己進來，妳就不用管這件事了。但既然妳今天都來了，就吃點東西再走吧。我做祕密武器給妳吃。」

「沒關係，我不用吃。」

「吃吧，我很想做給妳吃。」

我走進廚房，開始做起祕密武器。在我料理的時候，我內心深處始終隱隱作痛，我彷彿能理解高同美失去父親的痛。但我覺得她還是比我幸運，畢竟她沒有被拋棄，而是繼續跟媽媽生活在一起。

「我有話想跟妳說，如果妳不介意的話我再說。但如果不管我說什麼妳都不想聽的話，那我就不說了。」

我端著剛做好的祕密武器放在桌上對她說。

「沒關係，阿姨有話想說就說吧。」

高同美切了一點祕密武器放進嘴裡，點點頭示意我可以繼續說下去。

「我認識一個人，他叫黃民伊。嗯，當事人不在場，這樣說他的事情似乎不太好，但我還是想告訴妳。這個黃民伊呢，小時候被送到育幼院去，我也不知道他為什麼會被送去育幼院，因為他從來沒說過原因。不過國中的時候，他媽媽來育幼院找他，最後黃民伊就跟著媽媽離開，去跟繼父還有繼父的兒子一起生活。一開始去到那個新家庭，他覺得自己就像在太空中漂流，過得非常孤單，但後來他還是慢慢適應了。」

「慢慢適應」是我自己的想像，我很希望黃民伊真的如我所想的適應了新生活。

「我還認識另外一個人，他非常羨慕黃民伊。就連黃民伊說覺得自己孤單地像在太空中漂流，他還是覺得很羨慕，畢竟黃民伊有家人了嘛。」

我沒有騙人，我真的打從心底羨慕黃民伊。

「好。」

高同美點頭，看她的回應，我想她應該有聽懂我的意思，這讓我很開心。

「其實我也想當消防員。」

這句話來得有點突然，不過我真的想過要當消防員。

「真的嗎？」一聽我這麼說，高同美瞬間雙眼發亮。

「對啊，消防員！不覺得很帥嗎？在最危急、危險、急迫的瞬間，身體會下意識為了拯救生命而做出反應，那真的好了不起。」

「我也覺得那很棒。」

我本來還想提醒她，以後別跟東燦吵架，或是一生氣就動手打東燦，最後還是決定算了，家人之間的事我似乎不該插手。也許現在東燦跟同美雖然生活在一起，卻依然感到很孤單，但我相信時間一久，這樣的感覺應該會漸漸消失……

「妳要不要帶一些回去給媽媽吃？」

不知為何，我很希望她能打包一些食物帶回家。

「我家有養狗，不太能帶食物回去。因為我家養的狗對我們自己做的食物沒什麼興趣，但只要看到外帶、外送的食物，就會覺得那是牠的。如果不分牠吃，牠肯定會鬧脾氣把食物打翻。偏偏狗不太能吃人的食物，所以我們家一律不叫外送也不外帶食物。」

「真是隻特別的狗。對了，我忘了問，妳對螃蟹過敏嗎？」

「不，我沒有。蔥薯羅曼史是怎樣的一道菜啊？如果還沒完成，那就不該寫在菜單上啊。」

「我會寫上去是有原因的。雖然還沒完成，但妳要不要吃吃看？這道菜是發想自蔥與馬鈴薯墜入情網的概念。妳吃吃看吧，畢竟這道菜說不定永遠沒機會完成，會直接從這世上消失喔！當然，我是不能容許這種事發生啦。我一定要完成蔥薯羅曼史，也一定要讓那個人吃下這道菜並給出評價。」

我話說到一半，便趕緊住口。畢竟實在沒必要把我在找人的事說出來。

「看來這是一道很有意義的菜，這樣我就想吃吃看了。」

高同美點了點頭，同意試吃看看。

於是我很用心地做了一份蔥薯羅曼史給她。

「真好奇蔥薯羅曼史背後的故事。」高同美說。

「我認識一個人，她小時候很愛哭，她每天都在哭，從早上睜開眼哭到晚上睡覺前。因為她遇到事情就哭，所以大家都覺得她很好欺負，整天欺負她。但她就算被欺負了也不會還手，所以大家就更看不起她了。」

高同美拿著筷子，盯著眼前的空盤子專注聽我說話。

「大家不高興或壓力大時，就會去找她出氣，無聊的時候也會以捉弄她為樂。其實一開始大家都只是為了好玩而捉弄她，但後來漸漸開始把她當成出氣筒，會動手打她。打人這件事一開始不容易，可是一旦動手之後，要再打第二次、第三次，就沒什麼困難了。所以大家只要一有事，就先找她出氣。我啊，以前可是個不懂什麼叫暴力的人，但開始動手打人之後，才發現其實打人就跟吃飯、刷牙一樣普通。後來不管發生什麼事，我都一律先動拳頭，不過這也害我最後被打死啦……」

糟糕！我到底在說什麼？我趕緊摀住嘴。但高同美沒說什麼，只是盯著我看。

「呵呵呵呵呵，我要收回被打死那句話。要是我被打死了，現在就不會在這啦。總之，我想講的就是那個意思啦！不過妳不要誤會我是壞人喔！我是為了保護那個愛哭鬼才會跟大家打架。我可不是那種會因為無聊而動手欺負人、搶別人錢的傢伙。」

「這個故事跟蔥薯羅曼史有什麼關係？」

「嗯？這個嘛……是有關係啦，但故事太長了，我沒辦法詳細說給妳聽。總之，妳也千萬別讓大家看見妳脆弱的一面。」

我趕緊把話題圓回來，替說錯話的自己善後。

「要被打成怎樣才會死啊？」

高同美冷不防地丟出問句，把我嚇了一大跳。

「就說那是我口誤了嘛。」

「我知道，妳如果被打死的話，現在就不會站在這了。所以我不是針對妳那句話提問，只是感覺妳好像很有打架經驗，所以我才想問問看，要被打到什麼程度才會死？」

「這、這、這個嘛，我也不知道，畢竟我沒死過，我也絕對不會被打死的。」

「我知道啦，我只是好奇嘛。真的很難想像，一個活蹦亂跳的人怎麼會一瞬間就死掉。」

我沒辦法回答她的問題。

「阿姨，希望妳這間餐廳可以開久一點。不知道為什麼，我覺得跟妳很聊得來。而且好像是因為妳有先跟我說這道菜還沒完成，所以我也沒有抱很高的期待，反而覺得還算好吃。」

高同美吃完蔥薑羅曼史後便發表感想，然後離開了餐廳。

她離開餐廳之後，我開始思考自己的死亡。我到底是被打成怎樣才會死的？還記得自己剛開始挨的那幾下真的痛到不行，但等疼痛的感覺超過一個極限之後，就記不清楚任何事了。

「我絕對不後悔。」

我不後悔自己被打死。應該說跟後悔相比，我更在乎我的死會讓小雪有多難過，一想到那個愛哭鬼因為我的死而痛哭，我就覺得心好痛。

就在我洗碗時，又聽見有人開門的聲音。

「咦？」

沒想到竟來了個讓我意外的人，那就是具珠美。

「妳來幹嘛？」

我盡可能地用心平氣和的態度跟她說話。

「妳不是叫我來嗎？幹嘛？上次說要殺了我，這次是真的想殺了我啊？」

具珠美一邊跟我說話，眼睛一邊掃過整間餐廳。她真的很有惹人生氣的才能，我哪有叫她過來啊！肯定是因為我這裡東西好吃的消息漸漸傳開，她才會想過來看看。來了之後發現老闆是我，再加上之前在公園發生的事，所以她才會隨便編了個謊，說是我叫她來的吧！她這孩子，不光是很暴力，而且還很愛說謊。

「我才不想殺妳。不過既然妳都來了，就坐下來吃點東西吧。」

具珠美沒有回答我，也沒有理會我的提議，而是直接往廁所走去。

「這些菜怎麼會取這種名字啊？」

上完廁所出來後，具珠美看著菜單說。

「我對阿姨妳做菜的手藝沒什麼信心耶，妳還是先跟我介紹一下這些都是怎樣的菜好了。有些餐廳不是會讓主廚到顧客面前介紹餐點嗎？雖然妳也不是什麼大主廚，但因為我對妳的手藝沒信心，所以我想知道裡面放了什麼食材，然後選一道用我喜歡的食材做的菜。」

我又一次認知到她在惹人生氣這方面真是天賦異稟。但她畢竟是上門用餐的客人，我打算利用她來磨練一下自己的脾氣，於是便決定照著她的要求做。我簡單介紹三道菜裡面使用的食材，並說明了料理過程。但我沒有告訴她蒽薯羅曼史還沒完成，最好先別點來吃。隨便她愛點不點，反正我也不打算端什麼美食給她享用。

「哇，祕密武器這名字看起來好熟悉，我好像吃過，請給我這個吧。」

好熟悉？她怎麼會說出這麼嚇人的話？

「咦？這個味道好熟悉喔。」具珠美吃了一口祕密武器後說。

「不要說這麼嚇人的話！」

我小聲嘟囔，沒有打算要讓她聽到。

「這比我想像中的還要好吃耶。雖然不到超棒，但比想像中好很多。我是怕妳誤會這道菜是絕世美味，所以想講得更明確一點。」

「我又沒說妳怎樣，而且我也沒有要聽妳稱讚我很會做菜。我看妳好像還想再吃，但今天的份量已經賣完了。我們這間餐廳追求的是高級，我不接受那種貪吃、喜歡吃很多的客人。換句話說，就是我每天能賣給每位客人的份量都是有限的。」

「我又沒說我還想吃，妳很自以為是耶。」

具珠美起身準備離開，離開前還不忘挖苦我。

「妳要付錢啊。」

具珠美原本打算直接離開，我一把拉住了她。

「付什麼錢？」

「還問『付什麼錢』？來餐廳吃飯就應該要付錢吧？這裡可是收錢販售餐點的餐廳，哪能讓妳這樣白吃白喝？」

她比我想像中的還要放肆。我本來以為她只是會欺負同學、偶爾對同學動手而已，沒想到她身上沒錢，居然還敢大搖大擺走進來吃霸王餐。我叫她付錢，她還擺出一副要錢沒有，要命一條的模樣。

「我絕對不會付錢，因為我根本不想來這間餐廳。妳這種水準的店外面到處都是，我為什麼非要來這裡不可？我聽說是妳邀請我來的啊，這樣還要我付錢喔？」

「邀請？誰？誰邀請妳了？我沒邀請過妳！妳知道這世界上我最討厭哪一種人嗎？就是專門欺負弱小、動不動就打人、搶別人的錢、搶別人東西的流氓。我又不是神經病，哪可能會邀請我最討厭的人來店裡？」

「我真是要抓狂了。」

要抓狂的是我吧！

「妳不是說要請我吃好吃的，還有事情要告訴我，所以才叫我來嗎？還有，我哪有欺負弱小、搶別人的錢？」

我都親眼看到了，她居然還強詞奪理。我看到她讓高同美跪在地上，自己還舉著拳頭準備揍人！

「我又不是吃飽撐著，怎麼會去說要請妳吃東西？我也沒時間教妳東西，我很忙好不好！」

「又不是只有妳忙，我也很忙啊！妳真的沒講過那些話嗎？好，具東燦，你死定了！」

具珠美握緊拳頭，憤怒地咬著嘴唇。

「下次我再拿錢過來。我絕對不會欠債不還，妳不用擔心。」

具珠美用力推門離開。

我本來在想要不要拿鹽出去撒個幾下，袪一下霉氣。但就在下一刻，我愣住了。具珠美剛剛是不是說了「具東燦」？具東燦！具珠美！所以具東燦不是高同美的弟弟，而是具珠美的弟弟？

「具東燦也真是奇怪。」

那天他氣喘吁吁地衝來，一邊喊著「姊姊、我姊姊……」。看他這麼慌忙的樣子，任誰都會以為挨打的那個是他姊姊啊！真是的，我看世界上再也找不到第二個社區，跟這裡一樣住了一堆怪人。我還在那邊講什麼家族的形式有很多種，有夠丟臉。

我吃螃蟹會死掉

「我得更積極一點才行。」

自從來到這裡之後，每天都忙得暈頭轉向，像在搭雲霄飛車一樣，無暇顧及原本該做的事。不知不覺間已經過了十天，我手掌心上的印章明顯消失了許多。一想到沒剩多少時間，我不禁焦慮了起來。

我決定暫停研發蔥薯羅曼史，也不再嘗試新做法。找到小雪才是當務之急，畢竟如果沒能找到小雪，那無論把蔥薯羅曼史做得再完美都沒用。拼命做蔥薯羅曼史給怪人吃可不是我來這裡的目的。但如果想見到小雪，那我就得接觸更多人，我得更積極地宣傳餐廳才行。

這天清晨，我起床備料，開始試吃的前置作業。我打算上午到大馬路上的鬧區去做試吃，下午再到學校門口去做試吃。把上午要試吃的料理都做好之後，我便開始準備下午要用的食材，然後再把準備好的食材放入冰箱。

我從倉庫裡翻出紙袋，準備用來裝食物和試吃用的分裝盤。試吃用的餐點、盤子跟筷子都準備好後，我才想到還需要一張擺放餐點的桌子，這可是舉辦試吃不可或缺的工具。不過我想做試吃的地點離這裡有段距離，要搬著桌子走過去實在太勉強了，可是我也不能把盤子放在大馬路上給大家試吃。我站在桌子前面煩惱了好久，突然驚覺如果我繼續猶豫下去，又要浪費掉寶貴的一天了。反正走到鬧區也不過十五分鐘，多搬一張桌子也不是不行。只不過無法一次到位，所以我決定先把桌子搬過去，然後再回來拿食物跟餐具。

這張桌子其實沒有想像中那麼重。桌子的材質乍看之下是原木，但其實只是原木貼皮的膠合板而已。我一把抱起桌子走出餐廳，不知究竟走了多久，我才意識到要獨力把桌子搬到鬧區實在是有勇無謀的決定。

「大姐，妳在幹嘛？」

王老闆的聲音從後方傳來。

「我看妳應該不是要換別的地方開餐廳吧？妳搬桌子要做什麼？」

「沒有啦，就……」

「妳想辦試吃嗎？」

真是好眼力！

「看來我說對了。妳要在哪辦啊？走吧，我幫妳一起搬，要搬去哪？」

王老闆把手上的梳子往頭上一插，從另一邊抬起桌子替我分擔重量

「我想搬去那邊的鬧區，有購物中心的那個地方。」

他想必被我的決定嚇到了，要跑那麼遠辦試吃，他說不定會覺得我異想天開。

「什麼？購物中心那邊？天啊！妳瘋啦？妳想搬著這張桌子跑那麼遠啊？妳也太天真了吧！不過到購物中心那邊辦試吃是個不錯的想法啦。」

我就知道他會這樣說。接著王老闆放下桌子走進他的美容室，沒過多久便拿著紙箱跟幾塊布出來。

「先回餐廳去拿妳要提供試吃的料理吧。」

我沒問王老闆有什麼計畫，只是單純照著他的指示去做。

等我捧著試吃餐點跟餐具回到漂亮美容室前面，才發現王老闆正把桌子搬到他的

車上。他接過我手上的袋子放進後座，便指著副駕駛座說：

「姐，妳運氣真的很好，剛好今天美容室休息。我本來是想來大掃除的，但不掃也沒關係，今天就幫妳吧。」

我本來不想麻煩他，畢竟這樣反而讓我更有壓力，但只是搬張桌子就讓我累個半死，實在沒什麼資格說這種話。我承認，有王老闆幫忙真是太好了。

「妳以為在路邊辦試吃很簡單吧？其實一點都不簡單！哎呀，這社會沒那麼好混啦。姐，妳老實說，妳是第一次開餐廳吧？以前都是在別人的餐廳當廚師吧？在別人的餐廳工作跟自己經營餐廳，可是完全不一樣的兩件事喔！妳是不是擔心生意不好，擔心到晚上都睡不著？所以才想辦試吃招攬客人吧？我也是啦。我以前在國內數一數二的老師底下學美髮，後來又出國深造，回來之後，就跑去一間很知名的美髮沙龍工作。姐，妳知道『克雷奧雷帕髮型設計』吧？」

我從沒聽過這個名字。但既然王老闆認定我知道，那想必是間有名的店吧？總之，我決定先點頭。

「我以前可是那間店的首席設計師喔！後來我決定自己出來開業，就在市區開了間很大的美髮沙龍。那時候真的忙得不得了，我簡直要被客人淹沒了，當然也賺得很多囉！但錢賺得多，身邊就會聚集很多被錢吸引來的臭蟲。總之，後來我被詐騙，沒過多久就跑來這邊開店了。妳以為我在這邊開店很久了吧？但其實我開店還不到一個月。我看一下，這邊要怎麼停車啊？停車場在哪？」

王老闆在一個大十字路口左轉，然後四處張望尋找停車位。開業還不到一個月就能獲得黃部長跟她朋友的信任，看來王老闆的手藝真的很好。

「雖然我現在的客人很多，不過也不是從一開始就這麼順利啦。妳也知道，那裡根本就是個死掉的商圈嘛，有時候一整天都沒有客人上門，開店就是賠錢。我想說要先吸引客人來店裡，就決定到街頭做美髮秀。那時候我每天花三個小時，來這個鬧區免費幫路人剪頭髮。第一天還在某間店前面，才做不到三十分鐘就被趕走了。妳以為這些馬路大家都能走就是公有的吧？才不是呢！妳要是想在馬路上做點什麼事，馬上就會有人跑出來妨礙妳。對，就是那裡。」

王老闆左轉後，又開了一百公尺左右，然後再右轉，最後來到「幸福停車場」的入口。

王老闆用布把裝著食物的箱子包起來背在背上，跟我一起走到我們選定的試吃地點，也就是「Y美容室」前面。王老闆拿出盤子，用心把食物分裝好，拿進Y美容室裡。Y美容室的老闆看起來年紀比他小很多，他卻還是「姐」、「姐」叫個不停。他將裝著食物的盤子拿給對方，並拜託對方讓我們在店門口做兩小時的試吃，Y美容室的老闆爽快地答應了。

「就叫妳吃吃看嘛。」

王老闆一直勸Y美容室的老闆吃一口我做的食物，但對方說她很少吃早餐，王老闆立刻說很快就要中午，吃一點也沒關係，並要求對方趕緊在自己面前吃一口看看。Y美容室的老闆乍看之下有些難以親近，但實際上應該是個溫柔又善良的人，畢竟無論王老闆如何糾纏，她都沒有露出不悅的神情，甚至還順著王老闆的要求吃了一口祕密武器。但才剛吃進嘴裡，她便乾嘔了一下，雖然距離很遠，但我彷彿能聽見她「嘔」的聲音。親眼目擊這一刻，我感到自尊心受到打擊。我趕緊進到店裡，拉著王老闆離開，要他別強迫別人吃東西。勉強別人吃不想吃的東西，那可不是對食物該有的禮儀。

也許是因為時間還不到中午，往來的行人並不多。為了讓這些行人停下腳步試吃，王老闆甚至會刻意去拉他們。但神奇的是，這些人雖然被王老闆硬拉回來，卻一點也沒有不高興。

「錢這種東西啊，越努力去賺，越容易讓人患得患失。所以妳不要急著賺錢，只要下定決心認真工作，錢自然就會來了。」

結束試吃返回餐廳的路上，王老闆這麼說。

「我不是想賺錢。」

我沒想太多，隨口回了一句。不管王老闆怎麼想我，我都不在乎，所以就直接告訴他，我的目的不是賺錢。奇怪的是，我對王老闆很有好感，每次碰面都覺得他人真的很不錯。

「不然呢？」

王老闆問。

「這樣說不知道你信不信，但我是為了找一個人。為了找到她，我才會開這間餐廳。我沒辦法說太多，總之就是這樣。」

「是對螃蟹過敏的人嗎？」

這時，我們恰好回到餐廳門口。我驚訝地看著王老闆。

「因為妳好像都會確認每個人有沒有對螃蟹過敏，所以我才會這樣猜，看來被我猜中了。」

王老闆說我要去學校前辦試吃時他會再過來幫忙，便開車離開了。

我進到餐廳，開始做起下午要提供試吃的餐點。多虧早上已經先備好料，料理的工作很快就完成了。

就在我把餐點跟盤子放入紙袋時，我聽見有人開門走進餐廳的聲音。站在門口的人是具珠美。由於是意料之外的訪客，我用力眨了下眼睛，確認自己沒有看錯。現在還沒放學，她不該出現在這啊。

「妳沒去學校啊？」我問。

「看來妳也有想到我可能沒辦法去學校嘛。」

她講話為什麼總是這麼拐彎抹角？實在是聽不懂她的意思。

「醫院要我問清楚我到底吃了什麼，這樣才有辦法做適當的治療。我本來是不想問得這麼直接，但我實在是癢到快要抓狂了。」

「妳在說什麼？」

「我昨天不是來這裡吃東西嗎？吃完之後就變這樣了。」

具珠美伸出手，我能清楚看到她的手臂紅腫不堪，還有大量抓搔的痕跡。然後她又翻開遮住脖子的衣服，她的脖子上也起了許多紅疹。仔細一看，我才發現她整張臉也是腫的。

「最嚴重的地方在這裡。」

具珠美捲起褲管讓我看她的小腿，不知道她到底抓得有多用力，上頭都是血跡。

「妳在食物裡面下毒嗎？」

這丫頭說話真的很沒禮貌。我看是她自己不知道在外面亂吃什麼才變成這樣，怎麼還敢跑來我這邊誣賴我？

「妳不可能是吃我做的食物才變成這樣，我的材料都很新鮮，而且餐點都是現點現做。我不是在妳面前做的嗎？妳記得吧？我還很仔細地介紹說用了哪些食材、怎麼料理，妳該不會說妳不記得吧？妳去別的地方問問吧。看妳一下子就認定是別人在食物裡下毒，就知道妳平常做人有多失敗了。是不是經常有人威脅妳，說要在妳的食物裡下毒啊？」

妳把我當蠢蛋嗎？休想誣賴我！

「妳是想抵賴嗎？太可惜了，我昨天就只有來這裡吃東西。不對，我還吃了學校的營養午餐。但如果是因為營養午餐出問題才這樣，那怎麼會只有我出事？有上百個學生都吃了營養午餐，但他們現在都好端端地在學校裡上課。這太奇怪了，妳生意這麼差，食材哪有可能多新鮮？」

具珠美大步朝廚房走去，然後一把打開冰箱的門。好啊，妳就去確認吧，妳親眼確認過後，就無話可說了吧。具珠美把冷藏室全翻了一遍，接著又打開冷凍庫。

「妳是不是加了這個？」

具珠美拿出我已經處理好，裝在夾鍊袋裡的蟹肉。

「應該有放吧。」

「所以到底有沒有放？醫生說要我弄清楚。」

「沒有要加進餐點裡的食材，我幹嘛放在冰箱裡？」

「阿姨！」

具珠美大吼一聲。

「煩死了！到底有沒有放啦？現在情況很危急，妳一定要這樣講話嗎？我就說我癢到要抓狂了，都已經抓到流血了還是很癢！」

就算妳癢到不行，那也是妳的問題。

「我放了，那又怎樣？我明明就問過妳有沒有對螃蟹過敏，妳自己說沒有的啊。」

「我哪有？妳什麼時候問的？我沒有說過這種話。我又不是白痴，怎麼會跟妳說我沒對螃蟹過敏？我吃螃蟹會死耶！會癢到死！我現在連嘴巴裡面都癢得不得了。妳在跟我介紹食材時也沒說到有螃蟹啊！不要憑空捏造我沒說過的話，不要想耍賴喔！」

看具珠美氣到跳腳，我開始回想昨天的情形。具珠美走進餐廳的那一刻我有些不知所措，因為不知道她來餐廳做什麼。我雖然不想做東西給她吃，但她說她非吃不可，所以我還是做了。具珠美要我跟她介紹有哪些食材，等等……對了！我忘記問她有沒有對螃蟹過敏。等等！所以具珠美對螃蟹過敏？我終於搞清楚狀況了。

「妳讓我吃了螃蟹對吧！我要是死了，妳要負責喔！」

具珠美一腳把大門踹開，頭也不回地走了。天啊，該不會具珠美是小雪吧？不可能！小雪不可能變成我最痛恨的模樣。但是……萬狐會把我送來這，肯定是因為小雪就在這附近，而且珠美對螃蟹過敏，就表示她很有可能是小雪。天啊！

「姐，我們差不多該出發囉！」

就在這時，王老闆來了。

「我突然身體不太舒服，下午的試吃會可能辦不了了。」

「哪裡不舒服？要我去幫妳買藥嗎？」

「這不是吃藥就能解決的問題，我現在想一個人靜一靜，我腦袋好混亂。」

「雖然不知道妳怎麼了，但妳好像受到很大的打擊。好吧，那我就先回去了。」

王老闆沒有追問，直接離開了。

我的心情很複雜。我突然覺得自己好像根本沒必要來找小雪，也覺得我好像應該讓小雪以原本的樣貌，繼續留在我的記憶中就好。我現在只覺得我心中小雪的形象，被我自己的貪念給毀了。後悔逐漸變成恐懼，雖然還不確定，但我好害怕我心中的小雪會變形走樣。

「我該怎麼辦才好？」

如果具珠美就是小雪，那我希望這趟尋人之旅能就此打住，這可能是最明智的選擇。但我無法回頭，也不知道該如何回去，更不曉得回去的路在哪。我走的是一條無法回頭的路，這是一條單行道。我只能靜靜等待萬狐給我的時間耗盡，然後像一陣輕煙一樣消失。此刻的我就像個孩子，看著原本拿在手上舔的糖果掉在地上，慌張得不知所措。

「我要不要乾脆馬上關掉這家餐廳？」

要讓我心中的小雪保留原本的形象，最好的方法就是不再見具珠美，這才是上上策。就在我推開椅子起身，準備立刻關店時，我的腦中突然閃過另一個想法。

「話說回來，我其實一點都不了解具珠美，說不定她其實沒那麼壞？而且，這世上也不是只有小雪會對螃蟹過敏。」

具珠美對螃蟹過敏的事害我瞬間亂了方寸，我得趕緊讓自己冷靜下來。

「再觀察一下吧，只希望是我大驚小怪。」

就在我好不容易冷靜下來時，又是一陣開門聲傳來。

——嘰咿咿咿

餐廳的大門被推開，站在門口的人是高同美。我正想問她怎麼沒去上學，才發現她沒有穿制服。她猶豫了一會兒才開口說：

「阿姨，我想問一下我昨天吃的東西。」

我趕緊看了看高同美的手臂，發現也是又紅又腫。不知她究竟抓得有多用力，搔抓的痕跡就像汽車輪胎的胎紋一樣清晰可見。

「醫生說要弄清楚我到底吃了什麼，這樣才能有效治療。」

「妳是食物過敏嗎？」

「對。」

「妳是吃了什麼才過敏的？我的料理裡面只有蔬菜。」

「我沒有對蔬菜過敏。我是對海鮮過敏，妳有加海鮮嗎？」

我很確定，昨天我問過高同美有沒有對任何食材過敏，她跟我說沒有。

「我加了蟹肉，妳不是說妳不會對螃蟹過敏嗎？」

聽完我的話，高同美眨了眨眼，然後眼眶瞬間泛淚。

「阿姨，妳說的螃蟹是海裡面的那個螃蟹嗎？」

「不然還有什麼螃蟹？」

「我以為妳說的是狗[2]，我又不會對狗過敏。」

哎呀！因為當時我們恰好在討論她家那隻貪吃的小狗，所以她才會誤以為我問的是狗而不是螃蟹！

2 註：在韓文裡，螃蟹與狗的發音非常相似。

檢舉食物中毒事件

「這件事沒這麼簡單。」

體育老師坐在餐廳裡，他望著窗外，此刻外頭正在下雨。

「妳應該要把『如果對螃蟹過敏請提前告知』貼在店內明顯處，必須要讓客人知道才行。」

體育老師在店裡坐了超過一小時，這句話他已經說了超過十次。他不用這樣一再提醒我，我的腦袋也已經夠混亂了。

「現在到底要我怎樣？乾脆去報警抓我好了。過敏的人又不是你，跑醫院的人也不是你。具珠美跟高同美都沒說什麼了，老師你幹嘛來這一直煩我？我確實是有錯，所以才沒有多說什麼，只是靜靜聽你講，但你的反應真的太誇張了。我剛剛也說過了，具珠美跟高同美會來，並不是因為你叫她們來，所以這件事跟你一點關係也沒有。煩死了，到底要講幾遍啊？」

「具珠美跟高同美都沒說什麼？誰說的？就跟妳說這件事沒那麼單純了。我有道義上的責任啊！畢竟我一直跟學生們宣傳這裡的東西很好吃，我在他們面前講得口沫橫飛耶！就算我沒有親口要她們兩個來妳這裡吃飯，但她們肯定是覺得既然老師都這麼推薦，那這間餐廳絕對不會有問題啊！老師當然要對自己說的話負責。我一直很希望孩子們可以擺脫這棟房子帶來的創傷。我說過，以前住在這裡的那家人一下子消失，沒有人知道他們跑去哪。這件事情後來被謠傳成失蹤案、殺人案，大家都相信那家人死了，也相信那一家人的冤魂一直困在這裡，一步也沒有離開。雖然不知道這個謠言是從哪來的，但因為那家人的小孩是我們學校的學生，所以這些謠言對學生造成很大的影響。原本一起讀書、吃飯、玩樂的同學突然人間蒸發，不必我特別說，妳也應該很清楚這樣的打擊有多大吧？我希望學生們能讓那個孩子離開，希望在學生們心中，朋友不再是被詛咒的樣子。所以我才會希望這間餐廳成為學生的祕密基地，就是這樣我才會很努力宣傳妳的餐廳。雖然我知道謠言無法立刻破除，但我相信等到這裡開始有更多人進出後，謠言總有一天會消失。唉，現在覆水難收，我跟妳兩個人坐在這唉聲嘆氣也沒辦法解決這件事了。」

體育老師站起身來。

「不管怎樣，造成這種問題，我很抱歉，我不曉得老師需要做到這麼多。我想向你賠罪，你要不要吃什麼？我做給你吃。」

我真心想向他道歉。所以沒有等他回應，就逕自朝廚房走去動手做起菜來。

「請做蔥薯羅曼史給我吃吧，我很好奇這道菜的味道。一想到之後這間餐廳可能會被迫關門，我可能就沒機會吃了，所以趁著今天這個機會吃吃看吧。」

其實我很想告訴他，在我消失之前，這間餐廳絕不會因為外力而關門。

體育老師在餐廳裡吃了一人份的蔥薯羅曼史，然後又外帶了三人份走。

「真好吃。」

體育老師的評價讓我有點意外。

「你知道嗎？這世上有人相信蔥的味道太刺激，混在馬鈴薯裡面會帶來不幸。」

聽完我的話，體育老師笑了出來。

「應該是因為吃了這種組合之後發生過什麼事，才會讓那個人這麼想吧？」

體育老師付了今天餐點的錢。雖然我拒絕，他還是固執地要我收下。還說在這種情況下老師還來吃免費的東西，反而會引起更大的爭議。

「妳這裡不能刷卡也是個問題，還是快裝刷卡機吧。」

離開之前，他又補了這句話。我沒說什麼，只是把收來的錢放在櫃檯上，然後在上頭蓋了一條抹布，還確定抹布不會掉下來。

「到底是具珠美？還是高同美？」

我看著窗外。要怎麼樣才能查出她們之中誰是小雪？畢竟我也不可能抓著她們兩個，問她們還記不記得前世。

正當我看著窗外發呆時，一輛黑色轎車在大雨中往餐廳駛來，最後在餐廳門口停了下來，兩名撐著黑色雨傘的男子隨即下車。

「不好意思。」

兩名高大魁梧，肩膀特別寬的男子開門入內。

「真沒想到現在居然還有電話打不通，必須親自登門拜訪的地方。我們是警察。」

穿著褐色T恤的男子邊說邊環顧餐廳內部。

「這一帶是我們的管區，聽說這裡開了間餐廳，我們很清楚這棟房子的事情，所以很好奇會是怎樣一間店。不過呢，您不需要理會那些謠言，我們仔細調查過了，謠言都不是真的。我們調查過整棟房子，連一隻螞蟻都沒有放過，請您不用擔心。話說回來，現在您在這裡開餐廳，這裡開始有人的溫度了，感覺真好。」

「警察來找我有什麼事嗎？」

「我們接獲民眾報案。」

這次是穿著白色T恤的男子，一邊掏出手冊一邊說。

「報什麼案？」

「有人說來這間餐廳吃飯的同學出了問題，好像是食物中毒。」

警察說是食物中毒，但我告訴他們，那其實是食材過敏，可是他們並沒有接受。

「不幸中的大幸是，這件事沒有演變成集體食物中毒。如果來您這裡用餐的客人很多，那就很有可能會演變成集體食物中毒事件，那可就麻煩了。總之，我們要請您有空時來警察局一趟。」

警察離開之前，我問他們是誰去報的案，他們說報案人是具珠美的父母。

「這棟房子雖然靠近市中心，卻因為過去發生的事，讓大家誤以為這裡可能是凶宅。現在有餐廳開在這感覺真好，我們會再找機會過來吃飯。不過您要好好注意食材保鮮，還要多注意衛生跟清潔喔！」

警察表示會盡快再跟我聯繫，並建議我看是要辦支手機還是市內電話，這樣才比較好聯絡，然後就離開了。

警察前腳才剛走，王老闆便立刻找上門。他點了祕密武器、雪融布丁與蒽薯羅曼史各十人份。

「我現在不太方便賣你。」

「為什麼？」

我把具珠美與高同美對食材過敏，以及警察剛剛來過的事告訴他。還說警察認為這不是食材過敏，而是食材不新鮮造成的食物中毒。看他一口氣外帶三十人份，應該是想分給美容室的客人吃，所以我才想勸他別做這種事，省得給自己惹禍上身。畢竟他可沒辦法保證美容室的客人不會有紅蘿蔔過敏、洋蔥過敏、奶油或牛奶過敏等問題。更重要的是，我現在沒心情做菜，也沒有理由繼續經營餐廳。我現在只要查出具珠美跟高同美之中，究竟誰是小雪就好。如果確定她們都不是小雪，我才需要再繼續做下去。

「而且，我現在也不需要繼續賣這些餐點了。」

「為什麼？姐，我跟妳說，經營餐廳一定會遇到這種事啦！我啊，除了美髮沙龍之外，沒做過其他的工作，我一直都在幫大家整理他們的頭髮。這過程中，也是發生過不少事情呢。我以前遇過一個客人，她要求我弄成跟藝人一樣的髮型，做完之後又嫌不好看，要另外換個造型，我當然是二話不說幫她弄。結果弄完以後她又說不滿意，說要再換一個造型。雖然我跟她解釋過，一下子用太多燙髮藥水很傷頭髮，要她過一段時間再來換髮型，但她卻說自己的頭髮很強壯，不會因為區區的燙髮藥水就出問題，吵著要我立刻替她再換新髮型，我當然只能做囉！最後她的頭髮燙壞了，然後才來跟我們追究。還用自己的社群帳號發文章，要大家千萬別到我們的美髮沙龍消費。做生意就是會遇到這些讓人生氣的事啦！但如果每件事都要往心裡去，那妳就要氣到胃穿孔了，還會被壓力給壓死呢！姐，妳不是很喜歡做菜嗎？這是天生的，所以開餐廳才會讓妳覺得幸福啊！」

「我當然喜歡做菜，但如果沒有能讓我喜歡做菜的人，我會對做菜這件事失去興趣。如果沒有那個人，我甚至可能根本不會知道自己有料理的天份。我來這個世界是為了找那個人，聽說她就生活在這個世界，所以我才放棄自己的新人生……」

說到一半我就趕緊住口，我被自己的誠實給嚇了一跳。我根本不該說出這些話，肯定是因為一口氣承受太多打擊，讓我一下子忘了分寸。我看了看王老闆，他的表情沒有什麼變化。

「總之，我的意思是說，我開餐廳不是為了賺錢，而是有別的目的。」

我趕緊結束這個話題。

「好吧，那妳就讓我各外帶兩人份吧，我自己吃就好。」

於是我開始做起祕密武器。

「妳剛剛說放棄新人生的事……」

王老闆小心翼翼地開口。

「你別在意，就把我當成是不在乎錢的人就好。」

我擺了擺手，表示別繼續這個話題。如果再多做解釋，我可能還會說出更多驚人的祕密。就在這時，王老闆抓住我的手，我嚇了一大跳，甚至差點忘了呼吸。他扳開我的右手，仔細查看我的掌心，我趕緊甩開他。

「我這麼說沒別的意思，但你這麼關心我，是不是因為喜歡我啊？如果是的話，我勸你趁早死心吧。你不是我喜歡的類型，你不符合我的理想，所以勸你最好打從一開始就不要有這種念頭。」

掌心上印章的痕跡似乎被他發現了，我非常慌張。

「大姐，妳也不是我喜歡的類型。」

王老闆說。

「那真是太好了。」

「漂亮美容室其實也是空了一年的店面。那裡原本是一間金鋪，但某天金鋪老闆猝死，店面就了空下來。老闆猝死的事在大家穿鑿附會下，變成離奇的死亡案件，後來店面就一直租不出去，不管租金再怎麼便宜也乏人問津，直到我租下來開了美容室。」

我沒有回話，我們陷入一陣沉默，而這陣沉默令我非常不安。王老闆肯定不會知道那印章代表什麼意思，但我不知為何有些擔心，總覺得祕密很有可能被他發現。我想趕快說點什麼打破這沉默。

「你知道一位叫具珠美的學生嗎？我確定她就住在這一帶，她弟弟每隔幾天就會來我的餐廳，所以我想她應該住得很近。如果她家離這裡不遠，那具珠美、弟弟東燦或是她的父母，都有可能會去你那邊整理頭髮吧？我想說問問看你知不知道。其實向警察報案說孩子食物中毒的人，就是具珠美的父母，我想我得去拜訪一下他們。」

我問王老闆。

「不知道耶，除非來做頭髮的客人自報姓名，不然我不會特別問他們叫什麼。至於黃部長嘛，她是那種不需要別人問，就會拼命把自己的事情講給別人聽的人，所以我才會很了解她，但其他人我就不太清楚了。我也說過，漂亮美容室才開不到一個月而已嘛。好啦，我先走囉。」

王老闆沒再多說什麼，頭也不回地離開了。

這場雨一直下到晚上都還沒停。

我十七年的短暫人生中，有一半的時間都跟小雪在一起。小雪闖入了我的生活，成為我的人生，卻並不屬於我。我總是想為佔據我內心的小雪做點什麼。只要是小雪喜歡、會讓小雪開心的事，那赴湯蹈火我也在所不惜。這種生活過久了，我似乎也逐漸明白自己是為何而生。自從小雪來到育幼院之後，我終於能擺脫對媽媽的思念。我知道，我的存在都是為了小雪。

我感覺心空空的。無論具珠美與高同美之中誰是小雪，似乎都沒有分別。一開始我會對具珠美可能是小雪感到驚訝，是因為她是我最討厭的類型。但發現高同美也有可能是小雪之後，我也沒有感到開心。因為發現到即使投胎到新世界、變成另外一個人，小雪依然是過去常受人欺負的樣子，令我感到絕望。

我一直在餐廳內待到深夜才回房。起初我翻來覆去一直無法入睡，就在好不容易快要進入夢鄉時，一陣拖拉東西的聲音讓我瞬間驚醒。是上次那個聲音！我仔細聽了一下，發現那聲音似乎來自二樓，卻又不太像在二樓。我越是專注、越是認真聽，就越無法分辨。

我決定走出房門看一下，沒想到聲音立刻消失了。

我打開燈查看餐廳內部，除了雨聲之外，餐廳裡剩下的只有下了整天雨而無比潮濕的空氣。我隨意往地板瞥了一眼，卻意外發現奇怪之處。地板上竟然有長長的水痕！我看了看時鐘，時間是凌晨兩點。自從下午王老闆離開之後，餐廳就再也沒有其他人出入了。王老闆當時沒有拿雨傘來，即使他真的帶著傘進門，把餐廳地板弄得溼答答，也不可能到現在都還沒有乾。我緩慢地朝餐廳大門走去，發現這水痕就是從門口開始。我跟著水痕往前走，最後停在冰箱前面。我深吸了一口氣，慢慢打開冰箱，發現冰箱裡擺滿了新的食材，一看就知道都很新鮮。我趕緊衝出去把大門打開，這才發現我明明在進房之前鎖了門，但此刻門鎖卻是開著的。門上有兩道鎖，我記得自己睡前都鎖上了，竟如此輕易被人打開。

「如果是萬狐的話，那就說得通了。」

我拿起櫃檯上面的抹布，蹲下去想把地板擦乾淨。拿開抹布之後，我卻覺得好像少了什麼，仔細一想，發現是體育老師付的錢不見了。

回想起來，前幾天也發生過錢不見之後，冰箱裡突然放滿食材的事。我當時還懷疑是東燦偷錢。我突然想起萬狐曾說過，天下沒有白吃的午餐，所以這些食材其實都是我付錢買的囉？食材肯定不是免費的，是我努力做菜，以勞動力換來的回報。這聽起來很合理。

等等。

我停下回房的腳步。仔細想想，剛才聽到的聲音很像是在拖東西，上次那個聲音也是這樣。不過餐廳地板上雖然有水痕，卻沒有拖東西的痕跡，這真的很怪。於是我緩緩抬頭往天花板看去。

你覺得二樓有誰？

我去了趟警局。具珠美的媽媽說只要我付醫藥費，她願意跟我和解。她說我想必是走投無路，才會選擇在凶宅開店，她想了很久才決定跟我和解，就當成是幫助一個可憐人。我表示很感謝她做了這個決定，但我沒錢付醫藥費，請她自己決定後續該如何處理，然後便離開了警局。看在別人眼裡或許會覺得我很傲慢，但我是真的沒有錢。

從警局回來後又過了兩小時，具珠美出現在餐廳。她的臉跟手都已經恢復正常了。

「我媽真的很難搞。」

具珠美一進到餐廳便立刻開口。

「住這附近的人都知道我媽的個性很差，連我們學校老師都知道喔！我有去拜託她了，叫她不要跟妳收醫藥費，拜託讓這件事到此結束。阿姨妳應該很感謝我這麼做吧！但我有條件，我有件事要拜託妳。」

我看了具珠美一眼。

「我可以偶爾來這裡嗎？妳不用做東西給我吃，不管我有沒有來，妳都不用管我。」

「不吃東西還來餐廳幹嘛？」

「妳不要問原因。」

也好啦，我其實很歡迎她每天來。畢竟無論如何，我在離開之前都得確認她是不是小雪。

「現在叫我做東西給妳吃我也會怕。就算沒加螃蟹，也可能會引發什麼食物中毒之類的爭議，太可怕了。不管怎樣，我還是得問一下，妳既然不吃東西，幹嘛還要跑來餐廳？」

「理由我之後再跟妳說，就拜託妳了，好嗎？」

具珠美說話居然這麼有禮貌，似乎是真心的。

「隨便妳吧。」

我點頭表示答應。

「不過，我也有事情要拜託妳。妳不要再叫我阿姨了，我叫柳采宇，妳就叫我的名字吧。」

見我答應，具珠美整個人笑開了，開心地連連說好。

隨後東燦也出現了，他似乎是在門外等著具珠美一起回家。

「我媽媽真的很可怕，是姊姊阻止她的，所以媽媽不會跟妳要姊姊看醫生的錢。」

「真的嗎？太感謝她了。」

我在東燦面前假裝什麼都不知情。

「我姊姊說了什麼？她來找妳幹嘛？」

「她叫我跟她道歉啦。但我也得跟你道歉，我之前不是懷疑你偷錢嗎？我現在知道那是我誤會了。我以為我把錢放在抽屜裡，結果其實是在別的地方。對不起。」

「真的嗎？哇，我那時候真的好難過耶。但是阿姨，妳人真的好好喔，居然還跟我對不起。對了，阿姨，我可不可以吃一個祕密武器？一人份不是有三個嗎？可是我的錢不夠，妳可不可以只賣我一個？」

東燦從口袋裡掏出兩千韓元。

「可能不行耶，你得去問問你媽媽。畢竟如果又食物中毒的話，那就麻煩了。」

「阿姨，拜託啦！我沒有過敏啦！就算吃壞掉的東西也不會中毒，拜託。如果真的中毒，我絕對不會跟媽媽說是來這裡吃東西，我到死都會保密。」

東燦雙手合十，誠懇地拜託我。

於是我做了三個祕密武器給東燦，多的兩個用來陪罪。

「對了，我有事情想問你。上次你跑來這裡，嘴裡喊著『我姊姊、我姊姊』，然後要我去幫忙對吧？可是被打的又不是你姊姊，你幹嘛那麼著急？」

東燦沒有回答我，只顧著吃眼前的祕密武器。仔細想想，那確實是一個九歲小孩會有的反應。無論姊姊是揍人還是挨揍，跟人打架這件事本身就夠可怕了。對每天被姊姊這種生物折磨的東燦來說，看到姊姊跟人打起來的樣子，肯定嚇個半死。

東燦吃祕密武器的時候，我做起了雪融布丁。

「那天被你姊姊打的那個女生，你知道她住哪裡嗎？她叫高同美，她好像也因為過敏問題去看醫生了。不過她媽媽沒有像你媽媽一樣跑去報警，一點反應也沒有。高同美有來找過我一次，說醫生想弄清楚她吃了什麼，然後就沒再來過了。我想見見她，如果你知道她住哪，能不能跟我說？」

就像我繼續跟具珠美見面一樣，我也要繼續跟高同美見面才行。可是那天之後，她就沒再出現了。

「我知道，我姊姊跟高同美姊姊以前是死黨。她們每天都一起上學，下課也會一起回家，星期六、星期天也都在一起。」

「真的嗎？那她們為什麼會在路上打架？」

「妳不要問，這是祕密。我不能隨便跟阿姨說她家在哪裡，但是我可以跟同美姊姊說妳在找她。」

早上，東燦在上學路上順道來了店裡一趟，他說他把我的話轉告給高同美了。他問我辦好手機沒有，還說如果有話跟我說就得跑來這裡一趟真的很麻煩。

這天我沒有開門做生意，而是坐在房間裡看著手掌心上的印章。印章的痕跡已經消失了三分之二，這幾天觀察下來，我發現有些日子印章會消失得特別快，有些日子卻只消失一點點，沒有固定的規律。所以我無法用印章消失三分之二的時間，推估剩下的三分之一會在多久以內消失。這三分之一也許會比過去的三分之二更長，我無法推算印章痕跡消失的標準。

——砰砰砰

有人大力拍著門。我走出去一看，發現是黃部長。

「妳今天不做生意啊？為什麼？是因為那個食物中毒嗎？哎呀，就因為這樣不開門喔？做生意也要有膽量啦！出了問題就該努力解決問題啊！遇到問題就先躲起來，那絕對不會成功。真搞不懂你們耶！開店的人怎麼會連這都不懂？」

黃部長嘆了口氣。

「怎麼了？也有其他餐廳休息不營業嗎？」

「不是啦，我今天本來要去保養一下頭髮，結果漂亮美容室也沒開門。不先說一聲就不營業，真的讓人很困擾耶！漂亮美容室的老闆也沒有手機，我沒辦法打電話問他，但他昨天下午就有點怪怪的，不知道在擔心什麼。我們這個社區，真的要好好感謝王老闆跟妳。妳應該知道吧？漂亮美容室的那個店面，以前也發生過很奇怪的事。

發生怪事之後，那個店面就一直空著，後來王老闆才租下來開店。有了美容室之後這裡人越來越多，這一帶也變得比較有活力。不知道為什麼，我有種不好的預感，我常常能感覺到別人察覺不到的事。反正妳要趕快振作起來，把窗戶打開來讓室內通風，趕快來做生意了。」

黃部長替我打開餐廳裡的所有窗戶，然後點了一人份的祕密武器。

奇怪，王老闆到底去哪了？

黃部長回去之後，我便到漂亮美容室去了一趟。只見門上貼著一張紙，寫著「今日有事，休息一天」。

只是休一天而已嘛。

應該是黃部長太敏感了。只是因為有事而臨時休息，又不是永遠休息，連一天都不能等嗎？王老闆可能只是生病了，也可能是突然有事要處理。絕對是黃部長小題大作。

具珠美在快接近傍晚時出現在店裡。

「阿姨。」

「我們講好了，不要叫我阿姨。」

「這不重要啦。」

「對我來說很重要。」

「哎呀，好啦，柳采宇女士，可以了吧？我有事情想問妳。妳不要騙我，要老實回答我喔！不是傳言說二樓有住人嗎？那是真的嗎？妳晚上都在這裡睡覺，如果二樓有人，那妳應該會聽到聲音吧？」

「妳少管閒事，二樓一個人也沒有。我聽體育老師說過了，妳們越是這樣胡思亂想，這棟房子就越會變成凶宅，也會變成學生口中受詛咒的房子。更讓人難過的是，你們的朋友會永遠變成詛咒別人的鬼。你們想用這種方式記住朋友嗎？」

我把話說得很絕，我非這麼做不可。

「阿姨妳懂什麼！妳憑什麼這樣說！」

「我說過，不要叫我阿姨。當然，我什麼都不知道，但我在這裡住了幾天，至少我知道二樓到底有沒有住人。我只是把我知道的事情告訴妳，妳幹嘛這樣瞪我？妳是不是很希望二樓有人？很希望所有事情都跟謠言一樣？要不要我跟妳講一件事，我的確是有聽到聲音，那是從二樓傳來的。但妳知道嗎？空屋也會有聲音，那是因為水泥和磚頭之間有空隙，那個空隙就會發出聲音。以前我住的地方，牆壁會經常發出碰撞聲，房間地板跟牆壁之間還有裂縫，我很擔心房子可能要倒了，結果根本不是我想的那樣。還有，有時候冰箱也會在大半夜突然發出轟隆巨響，我還會聽到瓦斯爐點火的聲音，但那些其實都是牆壁發出來的聲音，就算二樓真的有聲音，無論聲音是『砰砰砰』還是『哐哐哐』，我都覺得這很正常。如果真的是很可怕的聲音，那我有可能睡得著嗎？」

具珠美皺著眉頭聽我說完一大段話。

「好，我下次再來。無論任何時間，我想來的時候就可以來吧？那我晚上十點再來。我會跟我媽說要去讀書室，然後過來妳這邊。我就說我到讀書室看書，凌晨兩點左右再回家就好。」

「不行，我們要遵守基本的禮儀規範，那時間我在睡覺了。」

「那又怎樣？我不會妨礙妳睡覺，我會安安靜靜待在房間裡。比較抱歉的是，要麻煩妳兩點的時候帶我到漂亮美容室前面。不過如果妳覺得很麻煩，那不用帶我去也沒關係。」

「妳跟我要待在同一個房間？大半夜？一男一女這樣不好吧！」

「什麼？妳現在是在告訴我妳是男扮女裝嗎？」

糟糕！我忘了自己現在是個女人，居然口無遮攔說出這種話！為了讓具珠美不要懷疑我的身分，我只好同意照她的想法去做。

我跟具珠美一起走到餐廳外。

「今天妳可以不用送我。」

「少臭美了，我是出來運動的，才不是來送妳的，妳也太自以為是了吧！」

「是嗎？也對啦，光看就知道妳很需要運動。妳怎麼有辦法讓自己胖成這樣啊？都不想想老了以後要怎麼辦嗎？從明天開始就在凌晨兩點出來運動吧，在月亮的陪伴下運動，很有氣氛吧？」

聽完具珠美這番話，我認為她是小雪的可能性微乎其微。就算小雪真的已經投胎成另一個人、出生到另一個世界，兩人的個性也不可能有如此巨大的差異。

「妳有沒有好奇過自己的前世？如果妳前世是個人，那會是個怎樣的人？聽說人的腦海中偶爾會閃過自己前世的記憶，妳有過這種經驗嗎？」

確定具珠美不可能是小雪之後，我的心情放鬆了不少。心情沒那麼緊張之後，就有辦法隨口問出這類的問題了。

「我不知道，我對這種事沒興趣。」具珠美隨口回應。

我跟具珠美在漂亮美容室前分開。漂亮美容室裡一片漆黑，門口那張本日公休的公告紙被風吹的劈啪作響。

「喂。」

我叫住已經走遠的具珠美。

「幹嘛？」

「妳知道漂亮美容室發生過什麼嗎？」

「當然知道啊，不然我哪會無緣無故要妳送我到漂亮美容室前面？金鋪的叔叔去世之後，這間店就一直空著，過了很久之後才有了漂亮美容室。那個店面開過金鋪、甜甜圈店還有美容室。金鋪叔叔、甜甜圈店叔叔、美容室阿姨都去世了。最奇怪的是，這幾個阿姨跟叔叔都是突然腦出血過世的。大家都說是被詛咒了，所以金鋪叔叔去世後，那間店面就空了好久，整個社區的氣氛也變得很奇怪。直到漂亮美容室開了之後，氣氛才有一些改變。但今天看到漂亮美容室突然公休，我又覺得好擔心。好啦，就這樣，我們約好晚上出來運動了喔！」

具珠美對我揮了揮手便轉身離開。

外頭整晚都在打雷。冰箱裡多了價值六千韓元的食材，還有從大門口一路延伸到冰箱前面的水痕，但我還是沒看到拖拉物品的痕跡。而且價值六千韓元的食材，其實也不需要用拖的。

我看了看自己的手掌心，印章的痕跡又少了一些。來到這裡已經過了二十天，雖然距離一百天還有好長一段時間，但也沒人能保證我真的能待滿一百天，畢竟印章的痕跡有可能某天突然消失一大半。無法確切知道自己還剩多少時間，讓我更加不安。

「仔細一想，好像有人來的時候痕跡消失得比較慢，沒人來的時候痕跡消失得比較快。」

雖然不太確定，但感覺似乎是這樣。

祕密樓梯

天亮之後雨就停了，我打開餐廳的門，一整個上午都在拔雜草。如果我的推測沒錯，那麼讓印章痕跡消失速度變慢的方法，就是盡量讓餐廳有人進出。我拔了大量的雜草，並把這些雜草搬到房子後面。來到這裡二十天，這還是我第一次走到房子的後面來。後頭有一道矮牆，牆角下堆滿了碎玻璃與垃圾。

我看著那道油漆斑駁的矮牆，發現越往上，油漆剝落越嚴重。二樓有個小小的陽台，沿著牆攀爬的藤蔓到了陽台後，就沒繼續向上長了。藤蔓停下的地方，有一扇小小的黑色鐵門。

我將拔下來的雜草放在後院一角，然後回到餐廳裡。既然清理了外面的雜草，我決定趁機打掃一下放置多天沒有清理的廁所。打掃完廁所後，我接著進攻廁所旁的倉庫。這才發現倉庫裡堆滿了雜物。

「這又是什麼？」

我撿起倉庫裡一個不知裝了什麼的袋子，才發現後頭竟藏了一道高度到我腰部的小門。我小心翼翼拉下門把，沒想到那到矮門吱嘎一聲便開了。一股霉味衝了出來，撲到我臉上，我閉著眼睛躲開那股霉味。門後一片漆黑，一點光線也沒有。當我習慣黑暗之後，才注意到裡頭有道又窄又陡的樓梯。

這是能上二樓的樓梯嗎？

我猶豫了一會兒，才決定踏上那道樓梯。嘎吱、嘎吱，我每跨一步就必須停下來安撫自己緊張的心。樓梯的盡頭是一道鐵門，我打開那道門，發現外頭就是我剛才看見的那個陽台。本以為這是通往二樓的樓梯，沒想到竟來到剛才看到的陽台後門。陽光經由敞開的鐵門照入屋內，我才注意到鐵門對面還有一扇木門。那扇無比老舊的木門歪向一邊，露出了巨大的縫隙。我握住門把，用了好大的力氣才把歪掉的門打開。

木門後頭是個客廳，拉下的木質百葉窗遮住室外的陽光，讓客廳一片漆黑，瀰漫著陰森的氣息，彷彿有什麼東西立刻就要從黑暗中衝出來。霉味令我忍不住揉了揉鼻子，接著我又因為屋內的味道太過刺鼻，而忍不住捏住鼻尖，那是一股我從未聞過的腐臭味。

我小心翼翼地拉起百葉窗，讓明亮的陽光照入屋內。我注意到沙發對面的牆上，掛著一幅穿著紅色衣服的怪物畫像。那看起來不像個人，而我又想不到任何與其相似的動物，想來想去只有「怪物」是最合適的形容詞。畫框下方的駝色牆面上，有著疑似是水彩顏料留下的痕跡。我向後退了一步，拉開與那道牆的距離。瞬間，一陣有如滔天駭浪的恐懼湧上心頭。這時，一陣風吹動了百葉窗。我不知道這陣風究竟是從木門的縫隙吹進來的，還是從其他地方吹進來的。百葉窗噠噠噠噠的晃動聲，敲打著我的心臟，讓我感到極度不適。

還是趕快查看一下，然後下樓吧。

我仔細看了看客廳的地板，但不管怎麼看，都沒發現拖拉的痕跡。地上積了很多灰塵，如果曾經拖拉過任何東西，肯定會留下痕跡才對。

我躡手躡腳往主臥室走去，沒有多看其他地方，只看了看地板便出來了，那裡同樣沒有拖痕。就在我打開主臥室對面的小房間時，我注意到書桌上有一本攤開的書，書桌一角還放著書包。床上放了一套體育服，書桌底下則有一顆籃球。彷彿房間的主人只是書讀到一半暫時離開，很快會再回來。整個房間有人的溫度，也比較溫馨，與冷清的客廳截然不同。

小房間的地板上也沒看見任何拖痕。這層樓的房間就只有這兩個，看完房間後，我又確認了廁所跟廚房，然後重新回到一樓。

這家人會是去哪了呢？

或許是因為看了那個小房間，我禁不住好奇了起來。之前住在這的那一家人為何會離奇失蹤？這個社區裡的謠言真相又是什麼？上到二樓時，我雖感覺到難以言喻的恐懼，但桌上放著一本書的那個房間，卻意外讓我感到平靜。如果這裡曾經發生過什麼可怕的事，那房間絕對不會給我這種強烈的平靜感。

就在我快打掃完時，王老闆出現了。我本想問他去了哪，但想想還是作罷。他看起來很累，我甚至不太敢跟他搭話。他一屁股坐到椅子上，靜靜地看著窗外。

「是過敏，對吧？」

稍後，王老闆開口問。

「什麼？」

「妳不是說有兩個學生生病了嗎？是她們之中的誰？」

「什麼？這是什麼意……」

我盯著王老闆。

「妳幹嘛這麼驚訝？我是問她們兩個之中，誰才是妳要找的人。」

我很猶豫，不知該怎麼回答才好。王老闆應該不會知道印章代表什麼，所以我必須慎重一點，不能說得太明白。

「她們兩個都不是我要找的人。仔細一想，我也沒有理由非找到那個人不可。找到就找到，找不到就找不到，這不重要。話說回來，你去哪了啊？黃部長到處在找你。」

王老闆沒有回答，只是面無表情地看著窗外。

「你吃過飯了嗎？你看起來很累。雖然不知道你怎麼了，但飯還是要吃。你要吃祕密武器嗎？還是要吃雪融布丁？蔥薯羅曼史？如果現在沒胃口，那要不要外帶回去？」

王老闆緩緩搖頭。

「發生什麼事了？」

我小心翼翼地問道。

「以後我不需要外帶了，我做這些都沒有意義了。」

王老闆推開椅子起身。

「怎麼了？」

「每個人都有無法告訴別人的祕密。但我有預感，我會把我那個天大的祕密告訴妳，只不過不是現在。」

王老闆把椅子靠回桌邊。

「今天美容室會開門嗎？」

「不知道，我再想想。現在我也不希望有人來美容室了，這些都沒有意義了。我在想是不是乾脆把美容室收起來。每天這樣燙髮、剪髮、染髮，到底有什麼意義呢？」

唯獨今天，王老闆一直把「沒意義」掛在嘴上。

「如果人一輩子都只追求有意義，那要怎麼活下去啊！人生在世，總有一天會找到有意義的事。刻意去追求意義，反而會讓自己過得很累。只要堅持努力過生活，遲早會找到其他有意義的事。」

我想盡辦法要安慰王老闆，卻發現連我自己都弄不清楚自己在說什麼。

王老闆回去後，我望著窗外發了好久的呆。王老闆為何會突然認為一切都沒有意義，甚至想把美容室收起來？他看起來很喜歡替人燙髮、染髮、剪髮啊，他肯定是遇到什麼事了。雖然不清楚詳細情況，但事情對他來說肯定很嚴重。

我做了祕密武器、雪融布丁與蔥薯羅曼史，並打包起來準備帶去給他。雖然不太想插手管這件事，但王老闆的臉色實在太差，我無法坐視不管。就算沒有胃口，但只要看到食物擺在眼前，或許他會改變心意。

漂亮美容室大門深鎖，昨天貼在門上的公告也沒撕下來。我敲了敲美容室的門，等了好一陣子王老闆才來開門。他一臉疲憊地做了手勢要我進去，我把手上的食物遞給他。

「就說不用了。」

王老闆推開我帶來的食物，輕輕搖了搖頭。

「雖然不知道怎麼了，但原本很會吃的人突然開始不吃東西，很可能會出人命的。」

我坐到美容室的沙發上，把帶來的食物拿出來擺放在桌子上，並把筷子塞到王老闆手裡。

「吃吧。我其實不是這麼熱心的人，但真的放心不下你。我是不知道你怎麼了，但飯還是要吃，先吃飽了再來想該怎麼解決問題。餓著肚子頭腦也會不靈光，絕對想不出好法子。」

王老闆接過筷子。

「要我給妳一些建議嗎？」

原本只是呆看著我的王老闆突然開口。

「你要給我建議？」

「雖然有可能猜錯，不過我覺得我的猜測應該有九成九是對的。所以才決定給妳一些建議。妳不要這麼拼命去找人，就當作自己不是來找人的，過一天算一天。」

王老闆的聲音深深穿透進我的心底。

什麼叫做不要拼命找人？什麼叫做當作不是來找人，過一天算一天？如果想給我建議，那就應該從頭開始解釋，讓我能夠聽懂啊！而不是講得這麼模糊，讓人摸不著頭緒。這話聽起來像是要我別拼命去找對螃蟹過敏的人，但又似乎不是那個意思。

王老闆花了好長的時間，才把一份祕密武器吃完。

「這道菜一開始是怎麼做出來的？我看到這道菜的時候，就覺得我好像曾經在哪裡吃過，所以才有辦法猜中用了哪些食材。但實際吃了之後才發現，味道跟我想的不太一樣。」王老闆問。

「這跟你以前吃過的料理完全不一樣，是我跟一個好朋友一起開發出來的菜色，那是世上獨一無二的食譜。」

「啊哈，是上次說過的那個人？讓妳開始做菜的那個人，對吧？妳很喜歡那個人吧？」

「什麼？」

「我問這個問題也是有點好笑，妳肯定喜歡那個人，喜歡到不敢把這種心情說出來，所以妳現在才會在這裡。」

我無法立刻回答王老闆，感覺他似乎知道一些關於我的事情，我卻無法猜出他究竟了解得有多深。

「我曾經也有個很喜歡的人。不對，不能說『曾經』，應該是說『現在』還很喜歡才對，因為我現在還是喜歡那個人。不知從什麼時候開始，我就認為她是我活著的理由。只要能夠讓她幸福，我願意為她做任何事。但我能為那個人做的事情，就只有跟頭髮有關的事而已，畢竟我是髮型設計師。我想幫她做一頭全世界最好看的髮型，想用不會有任何藥水味的高級燙髮藥水，再加上大量的護髮劑，讓她有一頭好看又光澤動人的秀髮。她應該很適合染淺褐色的頭髮，染成藍色或紅色似乎也不賴。」

王老闆指著自己的頭髮說道。

他是失戀了嗎？

一個念頭閃過我的腦海。不然他不會突然說這種話。原來是因為失戀，他才會心情這麼低落。

「我有多想幫她弄一頭好看的髮型，就有多希望她能吃胖一些。我想讓她多吃點美食、多吃點她喜歡的料理，讓她可以一下子胖起來。」

「哎呀，這樣就不對啦！喜歡對方的話，就應該幫忙對方減肥吧？怎麼會是反過來替人家增胖呢？你該不會每天都買一些油膩膩的食物去給人家吃吧？看你的表情，應該是被我說中了吧？你如果對人家像對我一樣，成天大姐、大姐的喊，還送一堆油膩膩的食物過去，那可真是糟透了。」

我半開玩笑地嘗試緩和氣氛，王老闆卻沒有回答。

「妳回去吧，我要休息了。」

過了一陣子，王老闆下了逐客令。我本想勸他再多吃幾口，但最後還是作罷。如果我是他，現在肯定也沒有食慾。於是我起身準備離開。

「之後我會再把剩的吃光。」王老闆有些愧疚地說。

「欸，我是真的很好奇，雖然現在問你這個好像不太對。我可以問你一個問題嗎？」

我詢問王老闆的意願，而他點頭表示同意我提問。

「算了。」

我還是決定不問了。畢竟他已經處在極度厭世、情緒極度低落的狀態。光是我剛剛提到「大姐」兩個字，就讓他更加消沉，我大概就知道是什麼情況了。如果再不知好歹地提問，那可就真的是在人家的傷口上灑鹽了。

「不管怎樣，還是希望你不要收掉這間美容室，大家都很喜歡這裡。」

這句話是真的。

「妳想問我什麼？沒關係，妳問吧。」王老闆說。

「那個……你想幫忙做好看的髮型、讓她增胖的人，是不是Y美容室的老闆啊？」

因為Y美容室的老闆瘦到像會被風吹走，很符合想增胖的念頭。還有，雖然她自己就是髮型設計師，能夠幫自己燙髮、染髮，但我還是覺得王老闆口中的那名女子應該就是Y美容室的老闆。王老闆沒有回答，而是轉頭看著窗外，我發現他的臉上泛著淡淡的紅暈。

「不是。」

過了一會兒，王老闆才開口否認。

不是才怪，看他臉紅成這樣，肯定就是。如果那個女人就是Y美容室的老闆，那王老闆肯定是單戀沒錯。我們去做試吃的那天，我也看到他們兩人相處的情況了，Y美容室的老闆對王老闆一丁點意思也沒有。絕對是王老闆自己一個人很認真、很認真地在追求對方。我沒有多說什麼，感覺我只要再多說一句話，王老闆就會哭出來。

如果還活著就好了

深夜，具珠美來到店裡。不知道她在打什麼主意，竟把東燦也帶來了。東燦有氣無力，半睜著眼睛走進餐廳，似乎是睡到一半被拖出來的。他像行屍走肉一樣走進房間後，立刻倒下睡著了。

「妳跟媽媽說要帶讀小學二年級的弟弟一起去讀書室？」

「我爸媽不知道我帶他出來，因為我說要出門時他已經在睡覺了，是我硬把他拉來的，我爸媽應該以為他在房間裡吧。我怕妳睡著了叫不醒，這樣我也不敢一個人回家，所以才把他帶來。妳要是很睏的話可以睡一下。」

具珠美在東燦旁邊坐了下來，臉上帶著莫名堅決的神情。

「妳到底想做什麼？」

「高同美來過這裡嗎？」

具珠美沒回答我的問題，顧左右而言他。

「當然來過。就是因為來過，吃了我做的料理，所以才會過敏。但從妳們的角度來看，可能會以為那是食物中毒啦。」

「不是，我是說之後呢？那之後她還有來過嗎？」

「沒有。妳忙妳的吧，要回家時再叫我起來。反正我已經跟妳講好了，會在晚上出門運動。」

我躺回床上。東燦說他已經把我的話告訴高同美，而高同美也說會再過來。我還在等她出現，但一直不見人影。

夜越深，四周越安靜，房間裡只剩下日光燈發出的噪音，偶爾還有東燦翻身的聲音。不知道現在到底幾點了。

「阿姨。」

具珠美小小聲地叫了我。

「柳采宇。」

我沒有回答，具珠美才改叫我的名字。

「幹嘛？」

「現在已經過晚上十二點了，但怎麼都沒有聲音啊？妳真的有聽到聲音嗎？妳確定妳聽過嗎？」

「我確定我聽過，但我也說過，每棟房子都可能會有那種聲音。而且我不是每天都會聽到聲音，有時候聽得到，有時候聽不到。」

我坐起身。

「只要老實告訴我妳想知道什麼、想查清楚什麼，那我或許可以幫妳。妳來這裡，應該是想知道晚上會不會有聲音吧？妳為什麼要這樣？住在二樓的那家人一夜之間消失的確很離奇，他們的小孩剛好跟妳讀同一所學校，所以妳當然會知道跟這棟房子有關的可怕謠言。謠言說這一家人不是失蹤，是遭遇了很可怕的事，房子的某處留有那起事件的證據。所謂的證據，就是被隱藏在這棟房子某處的屍體。」

「不要再說了！」

具珠美摀住耳朵，然後將臉埋進雙腿膝蓋中間。沒過多久，我發現她的肩膀在抖動。她在哭！我越來越疑惑，她到底想做什麼？

「如果那個謠言是真的，那都是因為我。」

具珠美抽泣著說。這時東燦翻了個身，具珠美嚇了一跳，趕緊壓抑自己的哭聲。翻過身的東燦說了些含糊不清的夢話，接著又沉沉睡去。

「但我覺得很冤枉。」

具珠美突然替自己喊冤。

「冤枉什麼？妳要就把話說清楚，把人事時地物都說明白！」

「我……我……那時候有人問我黃友燦的事，我只有跟對方說黃友燦是我們學校的學生。是高同美告訴對方黃友燦家住哪裡，可是黃友燦一家人失蹤之後，高同美卻說都是我的錯。她說如果我沒有把黃友燦的事告訴那個人，那她也不可能會告訴對方黃友燦住哪。」

這又是在講什麼？

「住在二樓的學生叫黃友燦嗎？妳把黃友燦的事跟誰說了？」

「是一個沒見過的男人。友燦他們一家人發生的事情有很多奇怪的地方，我覺得不能說是失蹤。聽說友燦家廚房的瓦斯爐上，有煮到一半的大醬湯，盤子裡還裝著準備加進大醬湯裡的豆腐跟蔥，而且電視也是開著的。警察有抓那天晚上去友燦家的男人來調查，就是跟我們詢問友燦的那個人。調查結果說友燦他們一家人是自己離開的，可是大家都不相信這個結果！有哪家人會飯做到一半，連電視都還開著就一起出門？不只這樣！附近的監視器都沒有拍到友燦一家人。調查說他們肯定是刻意避開監視器，但我們學校有人模擬過，雖然不是做不到，但想用這種方式離開這裡也沒那麼容易。所以也有人猜想他們可能是搭計程車，但卻找不到載過他們的司機。根本沒有證據證明友燦一家人離家了，所以大部分的人都覺得這不是失蹤案，是友燦一家人遭遇不測，那個男人一定是兇手。」

具珠美再次把臉埋進雙腿中間。

「所以妳才想確認二樓有人的謠言是不是真的？妳相信那個謠言？謠言就只是謠言而已。雖然我不知道黃友燦他們家有幾個人，但如果真的發生過這麼可怕的事情，而且也真的跟謠言說的一樣，這棟房子的某處還留有證據，那妳覺得證據會在哪裡？警察調查時，肯定已經每個角落都仔細翻過。房子就這麼大，妳覺得他們會找不到嗎？謠言只是謠言。妳仔細想一想，如果我真的感覺到二樓有人，而且又聽到奇怪的聲音，那我要怎麼繼續在這做生意？而且從謠言的內容來看，二樓的肯定不是人而是鬼，妳覺得我受得了嗎？」

我決定先不告訴她曾在晚上聽過拖拉東西的聲音。

「每次高同美怪我的時候，我都想立刻過來確認。但我實在太害怕了，完全不敢來這附近。最奇怪的是，每次謠言都會在快平息的時候，又突然有新的目擊情報。例如路人說親眼看到二樓有人在呼喚自己，或有人說自己經過這裡然後被詛咒。總之，因為這些謠言，我想來也沒辦法過來。萬一，我是說萬一，黃友燦要是知道是我把他的事情告訴那個男人，那黃友燦肯定會很氣我。我不相信黃友燦已經死了，所以我想親眼確認看看。自從妳在這裡開餐廳，這裡開始有人進出之後，我就覺得我可以來確認了。」

「妳覺得黃友燦還活著嗎？妳覺得他還活著，只是躲在這棟房子裡？」

一個人活著，就算不做其他的事，也一定要進食才能生存下去，但二樓完全沒有任何飲食的痕跡。

「我希望他還活著，希望他一定要活著。」

「我也想要哥哥活著，所以看到阿姨來開店，我很開心。」

本以為已經熟睡的東燦突然開口。他這句話說得實在太清楚，完全無法當成是夢話。我跟具珠美同時看向他。

「我也知道這件事。姊姊跟同美姊姊吵架的時候我都有聽到。可是我覺得她們兩個都沒錯。她們認識友燦哥哥，所以會說認識他，也知道他家在哪裡，所以才會講出來啊。這又沒錯！姊姊那麼喜歡友燦哥哥，有人問她喜歡的友燦哥哥的事，姊姊很開心，當然會講出來啊，對吧？」

東燦說話時並沒有睜開眼，依舊閉眼躺在地上。

「最難過的其實是友燦哥哥不喜歡姊姊啦，他喜歡同美姊姊。」

「誰說的？友燦說他喜歡高同美嗎？你又沒問過友燦，你怎麼會知道？」

具珠美大聲質問，東燦趕緊拉起被子蓋住頭。

「幹嘛問？看就知道啦！」

東燦縮在棉被裡說。

「你們今天先回去吧。」

繼續吵下去也沒意義，於是我趕他們回家，把他們兩人送回到家門口。

我睡不著。二樓很安靜，但實在太安靜了。

等等。

我坐起身來。仔細一想，好像只有下雨天才會聽到拖拉東西的聲音。我回想了一下，的確是這樣沒錯。不知道是不是偶然，食材配送都在下雨天發生。是不是雨天跟拖拉聲有什麼關聯呢？但不管怎樣，那個謠言肯定不是真的。我去過二樓，雖然沒仔細查看，但也大略看了一下。二樓是很古怪，可是沒有寬敞到能夠躲好幾個人還不被發現，所以謠言應該不是真的。問題在於那個聲音。拖拉東西的聲音，讓人聯想到拖拉屍體的聲音。

我打開燈查看手掌心，印章的痕跡消失了不少。我想我得保守這個祕密到最後，絕不能讓具珠美知道二樓的拖拉聲。如果把事情告訴她，那我剩下的時間說不定都得浪費在查明聲音的真相上。我的當務之急是找到小雪。如果明天高同美依舊沒來，就直接找上門去。

但就在隔天我離開餐廳，轉進漂亮美容室所在的巷子時，我才意識到自己根本不知道高同美家在哪裡。

我憑著昨晚的記憶來到具珠美家。我輕輕拉開大門往裡面偷看，恰巧與在院子裡的東燦對上了眼。

「阿姨，有什麼事嗎？」東燦跑過來。

「告訴我高同美住哪，她說要來，但不知道為什麼都沒來。」

東燦說她家很隱密，便決定跟我一起去。

「你姊姊很喜歡那個叫黃友燦的人啊？」

「超級喜歡。」

雖然東燦這麼說，但我一點也沒有受到影響，反而更確定具珠美不是小雪。畢竟如果具珠美是小雪的話，那即便失去了所有記憶，歷經漫長的時光來到別的世界，她們兩人依然會有相似之處。我忘不了小雪，拼了命想跟她重逢，既然她們有相似之處，我肯定也還會有留戀。所以聽到她有喜歡的人，不可能沒有任何反應，肯定多少會有些嫉妒。

「但友燦哥哥喜歡同美姊姊。」

「你怎麼知道？」

「因為我看到友燦哥哥送禮物給同美姊姊，那天是同美姊姊生日。我姊姊那天也有送她禮物，但姊姊不知道友燦哥哥送禮物給同美姊姊，所以我也沒有跟她講。因為要是姊姊知道應該會很難過。然後、然後……友燦哥哥他們家就不見了。我們快到了。」

繞過好幾條小巷子之後，我們才終於來到高同美家。那裡有好幾棟外型一樣的房子並排在一起，都十分簡陋破舊。那些房子沒有大門也沒有圍牆，東燦站在中間的那棟房子門口，說高同美跟媽媽一起住在這裡。看到積滿灰塵的鐵門，我覺得有些難過。雖然沒動手推門，但我依然能想像鐵門發出年久失修的摩擦聲。鐵門的上半部是一塊玻璃，玻璃的一角有裂痕，有人用膠帶把裂痕貼了起來。一看到那不牢靠的膠帶，我有些心疼，又有些心酸。我心中莫名產生一股強烈的感覺，高同美就是小雪。

在這個世界，她的人生也還是這麼糟啊？除了有媽媽陪在身邊之外，其他都沒變。

到這時我才終於明白，我想見小雪的念頭是多麼胡來。明知道小雪已經變成別人，卻憑藉著必須見到小雪的信念，讓自己不去思考這個念頭有多荒唐，也不去想如果小雪的處境很悲慘，自己會有多麼慌亂。以及在面對沒有前世記憶的小雪時，自己又會有多心痛悲傷。

為什麼來到這個世界，還是過著這種生活呢？

看到用膠帶補強的玻璃，我才開始後悔自己來找小雪的決定。我無法為這個世界的小雪做什麼，即使想告訴她說我會保護她，卻沒有足夠的時間能實現承諾。以現在這副模樣，也無法對現在的小雪說我喜歡她。

「走吧。」

我拉住東燦的手，離開迷宮一般的巷子。好想找個人來痛罵，好好發洩我的怒氣。小雪上輩子都那麼苦了，這輩子就不能讓她出生在像樣一點的家庭嗎？她很善良，在陰間受審時，審理人的助手肯定也朗誦過她的一生。她是一個善良的孩子，從來不曾傷害別人。我真想立刻衝到審理人面前去，揪住他的衣領，問問他為什麼就不能讓小雪投胎到更好一點的地方。

「妳怎麼了？為什麼不進去找同美姊姊？」

「下次吧，下次再來找她。我突然想起一件很急的事情，我的平底鍋還放在瓦斯爐上，沒把火關掉我就跑出來了，現在搞不好已經燒起來了。」

「什麼？」

聽我這麼一說，東燦飛快地跑走。

我回到餐廳門口時，才看見東燦站在那對我露出燦爛的笑容。

「妳的瓦斯爐是關著的，好險。」

「真的嗎？太對不起你了，讓你跑成這樣。」

「沒關係。對了，阿姨，我可以吃一個祕密武器嗎？」

「當然可以。」

「我最喜歡吃祕密武器了！」

東燦嘻嘻笑著，而我也看著東燦露出笑容。他很善良，雖然姊姊很壞，總是找他麻煩、使喚他去撿球。但他還是願意用他那雙小短腿，為了姊姊四處奔波。除了祕密武器之外，我還做了雪融布丁，然後還順道再做了一份蔥薯羅曼史。

「這個蔥薯什麼東西的，有蔥的味道，我不喜歡。」

東燦捏著鼻子說。

「阿姨，妳想一下啦！把蔥的味道變不見，這樣說不定會變得很好吃喔！其實只要沒有蔥的味道就很好了，吃了會很開心。」

「真的嗎？」

我摸了摸東燦的頭。

下午，我到高同美家拜訪。相較於早上，我的心情已經平靜許多。我告訴自己，我來這裡是為了遵守約定，是為了把想說的話告訴小雪。可不能因為小雪的狀況悲慘到不忍卒睹，就放棄那個約定。如果真的這麼做，那等我化成一陣輕煙從世上消失時，我應該會感到後悔。

「有人在嗎？」

我敲了幾下鐵門，沒過多久，鐵門就吱嘎一聲打開了。開門的人是高同美，看到站在門口的人是我時，她也嚇了一跳。

「我想知道妳好不好，所以才過來看一看。妳那天來問我吃過什麼之後，就沒再出現了。我想知道妳有沒有好好接受治療，也想知道妳是不是都好了，所以才會過來。」

「我沒事。」

高同美的嘴角帶著一抹微笑，讓我瞬間感覺心臟受到重擊。那個微笑！那是我曾經在小雪臉上看過的笑容！

「我很想替妳付醫藥費，可惜實在是沒有錢……」

「不用醫藥費啦，我只去看了兩次醫生，吃了幾天藥，現在已經好了。」

「但我還是覺得很不好意思。我想做點好吃的東西彌補妳，有空到餐廳來吧。這次我不會在料理裡面加蟹肉了。」

高同美沒有立刻回答，而是不知在想些什麼。

「其實我也剛好有事情想問妳，那我今天晚上再過去。」

跟高同美約好晚上碰面後，我便回到餐廳，開始用心備料。地瓜被我切了又切，切到不能再更碎。我回想每一次做菜時，小雪對我下達的指令，並盡可能把食材準備得跟她當初要求的一模一樣。接著又試著用不同的方式製作蔥薯羅曼史。我真的很想讓小雪能夠安心吃她最愛的馬鈴薯，從此不再擔心會遭遇不幸。

「這會是能為妳帶來好運的料理。」

這是我準備好的台詞。等我做出沒有任何蔥味的蔥薯羅曼史，在離開這裡之前，我會把這份完美食譜交給小雪，再把這句話告訴她。然後我也想告訴她，我會在那天早上被人打死並不是她的錯，那只是我的命運。如果她覺得很愧疚，那現在可以不必再愧疚了。雖然投胎成為高同美的小雪，應該已經沒有當時的記憶，但我還是想告訴她。

我又換了一個方法處理蔥，但還是能吃出蔥的味道。就在這時，黃部長來了，我注意到她的頭髮翹得亂七八糟。

「妳有看到王老闆嗎？美容室今天也沒開門。」

黃部長癱坐在椅子上，無力地看著我。

「他可能有事吧？應該過幾天就會開門了。」

「他可不能不開門啊！對了，妳最近還好吧？」

「我？沒怎樣啊。妳是問我還有沒有再發生食物中毒的事嗎？」

「不是啦，是那個……」

黃部長用手指了指天花板。

「啊，妳說二樓嗎？不管有沒有人在二樓我都不在乎，反正我很快就要離開了。」

「離開？真的嗎？既然妳說要離開，就表示二樓真的有什麼囉？妳是因為受不了所以才要離開嗎？」

「妳可以不要什麼都往那方面聯想嗎？還有，我現在很忙，沒空跟妳說話。」

「好啦！我知道了，我走就是了。話說回來，王老闆到底怎麼了啊？他又沒有手機，我根本聯絡不上他！現在這個年代，居然還有人沒有手機！真是氣死人了！」

我真的很想告訴她「王老闆失戀了，沒有心情替別人整理頭髮。別找王老闆了，趕快自己想辦法處理妳那一頭鳥窩吧」，但最後還是忍了下來。

黃部長走出餐廳後並沒有立刻離開，而是站在外頭的花圃旁邊，看著這棟房子看了好一陣子。

高同美、小雪以及黃友燦

我呆呆地看著高同美吃東西的模樣。我偶爾能從高同美的臉上，發現與小雪相似的神情。

「這個蔥味是不是很重？我一直在研究要怎麼去除蔥味，希望能在這幾天完成這個研究。」

我指著蔥薯羅曼史的盤子。

「加了蔥當然就會有蔥味吧？」

「其實我想去除蔥味是因為我認識一個人，她說馬鈴薯湯跟馬鈴薯燉菜裡的蔥味，會讓她變得很不幸。但她又很喜歡吃馬鈴薯，這害她無法放心享用。我很想讓她知道蔥根本不會讓她變不幸，所以才會開發這一道料理，但一直沒有成功去除蔥味，讓我很著急。」

我一邊說話一邊觀察高同美的表情，沒有任何改變，看來她真的不記得任何事了。好吧，這樣也沒關係。

「蔥先汆燙過一次再用呢？這樣應該會比較沒味道吧？」

一聽到高同美的話，我不自覺站起身來。小雪也曾經說過這樣的話！當時我正埋頭研究蔥薯羅曼史，一直在煩惱該怎麼去除蔥味，小雪便提議將蔥用滾水燙過。我還記得那時是我告訴她說我想到一個新做法，問她這個做法怎麼樣，她只特別提到蔥要用滾水燙，剩下的步驟維持一樣就好。偏偏我剛好在那一天死了，沒能跟小雪一起依照新食譜試做蔥薯羅曼史。雖然來到這裡之後我也試過，不過就算用滾水燙過，還是能吃出蔥的味道。

「我說錯什麼了嗎？真抱歉，我不會做菜，實在是不懂這些。」

見我激動地踢開椅子站起來，高同美也嚇了一跳。

「不，沒有，這個建議很好，所以我嚇了一跳。祕密武器怎麼樣？好吃嗎？」

「嗯，非常好吃。吃起來很順口，食材似乎都切得很細，好像比上次吃得更滑順，放進嘴裡就融化了。」

絕對味覺！連我把食材切得很細她都吃出來了！

我看著高同美，思考究竟該先從哪裡問起才好。對於高同美，不，對於小雪現在過得怎麼樣，我每一個細節都感到好奇。

「對了，阿姨，我可以問妳一件事嗎？」

吃完祕密武器之後，高同美開口問。

「當然可以，想問什麼儘管問。」

「但希望妳聽完我的問題以後不要誤會，我不是因為那個謠言所以才好奇。妳不是在這裡住了一個月嗎？妳有沒有聽到二樓傳來什麼聲音？」

「妳會這樣問，是因為黃友燦嗎？」

我單刀直入地問。一確定高同美就是小雪後，我開始產生微妙的嫉妒情緒。聽到我的疑問，高同美瞪大雙眼。

「妳怎麼知道？妳聽說了什麼嗎？」她小心翼翼地問道。

「我怎麼知道這件事並不重要，聽說了哪些也不重要。但我想跟妳說，妳跟具珠美、黃友燦都是同學，妳們是黃友燦的朋友。所以在路上遇到有人問認不認識黃友燦時，當然會回答認識。對方問黃友燦家住哪，妳當然也可能會回答對方，這麼做並沒有錯。」

「我不應該隨便把他家的地址告訴別人。具珠美說這是個人隱私，我知道不能隨便告訴別人，但我也不知道為什麼自己會講出來。如果具珠美沒有說黃友燦是我們學校的學生，那我也絕對不會把他家地址說出來。具珠美在講黃友燦的事情時，表現得他們兩個好像很要好的樣子，但我知道具珠美跟黃友燦根本沒那麼好，是具珠美單戀黃友燦。那時候我跟具珠美感情很好，所以我都知道她在想什麼。老實說，看到具珠美明明跟黃友燦沒交情，又硬要裝得感情很好，讓我心情很複雜。我想讓她知道，我才是黃友燦的好朋友。我現在覺得自己真的很幼稚，真不知道為什麼我那時會想跟她比。就是因為這樣，我才會把黃友燦家的地址告訴那個人。後來黃友燦一家人消失，具珠美跟我的關係就越來越糟了。」

「妳也喜歡黃友燦嗎？妳很喜歡他嗎？」

兩個問句脫口而出。我趕忙摀住自己的嘴，連我都被自己的衝動嚇了一跳。現在重點不是她喜不喜歡黃友燦，而是小雪投胎成為高同美，現在是過著高同美的人生啊！柳采宇你清醒一點！

雖然我的腦袋很冷靜，心卻不聽使喚地激動不已。我試著壓抑自己的情緒，努力讓自己冷靜下來。

「很喜歡。」

就在高同美說出這句話的那一刻，我才要恢復平靜的心徹底崩潰了。

「所以我才會不自覺地想讓具珠美知道我跟黃友燦很熟。」

「原來如此……」

我好想哭，真的好絕望，這輩子從沒有過這種感受。

我有一股衝動，很想問問她，黃友燦是怎樣的人？究竟喜歡黃友燦哪一點？我知道我不該嫉妒，但我也實在無可奈何。

「黃友燦看來是個很不錯的孩子，不然具珠美跟妳也不會都喜歡他。」

我盡可能用沉著、自然、沒受到任何影響的態度說話，但聲音還是忍不住顫抖。

「他喜歡打籃球。」

啊哈，難怪房間裡會有顆籃球。

「他很愛笑。」

小雪也喜歡看我笑的樣子。

「他還很會做菜。他是我們班上最會做餅乾的人，還會做沙拉。他的餅乾都烤得恰到好處，沙拉也做得很好吃，沒有人比得上他。」

我有一股衝動想告訴她，餅乾是烤箱烤的，沙拉則是世界上最簡單的料理。

「我想問一下，妳喜歡馬鈴薯嗎？」

「什麼？妳怎麼知道？我超級喜歡馬鈴薯。」

砰！我的心又挨了一記重擊。我好不容易才忍住衝動，沒有立刻握住高同美的手。

「黃友燦是不是都沒有做妳喜歡的馬鈴薯料理給妳吃過？妳不是說他很會做菜嗎？」我不自覺地換上一副挖苦的口吻。

「友燦不知道我喜歡吃馬鈴薯。」

「是喔？那我覺得黃友燦不怎麼喜歡妳耶。如果他喜歡妳，應該會問妳喜歡吃什麼。妳不是說他很會做菜？既然這樣，那他肯定會想為自己喜歡的女生做點什麼，像我就是這樣。只要是我喜歡的人喜歡的食物，我什麼都願意做。」

高同美的表情微微動搖，我覺得很開心。

「好了，不說了，我大概知道黃友燦是怎樣的人了。不過，妳為什麼會好奇二樓有沒有奇怪的聲音？妳也相信外面的謠言，覺得二樓藏有屍體或是鬧鬼嗎？」

高同美皺起了眉。

「如果我的問題太直接，那我向妳道歉。」

「沒關係。」

高同美的表情變得很落寞。

「阿姨，妳不需要道歉。我真心希望那個謠言不是真的，也相信那不是真的。我每天都在想，真希望就跟警察調查的一樣，友燦他們一家真的離開這裡，這樣我就沒有遺憾了。我絕對不希望跟謠言一樣，二樓某處藏著可怕的祕密。我之所以會問妳有沒有聽到二樓發出聲音，是因為我在想，說不定友燦他們家會有人回來看一看。會不會是大家聽到他們在二樓活動的聲音，才以為鬧鬼或怎麼樣。學校有人說曾經在樓梯上看到人影，我也很希望那只是回來這裡看一看狀況的友燦家人。這就是我的想法。」

高同美的想法跟具珠美一樣，她們都很希望黃友燦還活著。具珠美希望黃友燦還活著，躲在這棟房子的某處；高同美則希望離開的黃家人會偶爾回來看看。她們兩個都喜歡黃友燦，但不知為何，我卻覺得高同美似乎喜歡黃友燦更多一些。這都只是我的感受，沒有任何證據。一想到高同美喜歡黃友燦，我就渾身不自在，忍不住想哭。我不該這樣，但實在無法控制自己的心。

「那天為什麼會發生這種事？」

我甩了甩頭，嘗試甩開內心湧出的情緒。

「那天？」

「我在空地看到妳們的那天。」

「啊，那天啊！那天我在學校就開始跟具珠美吵架。我們偶然在學校提到友燦的事，我說具珠美的錯比較大。我不該說那種話的，但實在是忍不住。」

這很正常。喜歡一個人的情緒，會使人內建的系統出錯。系統一旦出錯，就會使理性迴路故障，讓人在不該生氣的情況下生氣，並說出不該說的話。

我現在也是，對黃友燦抱持著難以言喻的微妙情緒，令我十分惱火。

「原來妳們是從校內吵到校外啊？」

高同美點頭。

「妳有聽到二樓傳出什麼聲音嗎？」

高同美又問。

「我有聽到過幾次聲音。」

高同美瞬間雙眼發亮。

「是什麼樣的聲音？」

「我現在要跟妳說的這些話，也都已經跟具珠美講過了，我會把我聽到的都一五一十告訴妳。我是聽到聲音了，但不是妳想像的那種聲音。」

「妳知道我想像的聲音是什麼嗎？」

「就……例如人的腳步聲、講話聲等等。」

「沒錯。」高同美點頭。

「我很抱歉，要澈底打破妳心中的期待了，我聽到的是噠噠、嘟嘟嘟的聲音。除了這棟房子之外，我也曾經在其他地方聽過類似的聲音。一般在蓋房子時，會在磚頭與磚頭之間塗抹水泥，水泥乾了之後，可能會造成磚頭之間出現空隙，這個空隙就有可能發出聲音。如果有外頭的樹往裡面長，也有可能是木頭扭曲時發出的聲音。」

「磚頭跟水泥之間的空隙發出聲音？這有科學根據嗎？」

「我不知道這有沒有科學根據，也不確定這是不是對的，總之是我聽來的，二樓發出的聲音就是那樣子。」

就像對具珠美一樣，我也沒有告訴高同美我聽見拖拉東西的聲音。

「我想拜託妳，能不能跟我一起去二樓看一下？」

「二樓的門上鎖了。」

「不是從外面的樓梯上去，這裡應該還有通往二樓的門。」

我嚇了一跳，高同美怎麼會知道這件事？

「友燦住在二樓的時候，一樓一樣也是空著的店面。他媽媽原本在這裡開餐廳，後來收起來了。某天我看到友燦從一樓進門，沒過多久就從二樓的樓梯出現，這就代表能從一樓上到二樓吧？那個地方可能打得開，我們找一下，一起去二樓看看吧。」

我差點就要告訴她，我上去二樓看過，根本沒什麼。也想告訴她，妳想像的那些事情都沒有發生。我深吸幾口氣，努力調整呼吸，試著忍住不把這些話說出口。

我的確是該到二樓看看，卻沒想過得帶著高同美一起上去。二樓的陰森氣息以及牆上的紅色痕跡讓我很在意。一上二樓看到那些痕跡，高同美肯定會知道自己的想像有錯，她肯定會很難過。高同美說她喜歡黃友燦，讓我心底升起一股難以言喻的感受，連聲音都忍不住顫抖，這更讓我不願看到她為黃友燦傷心的模樣。

高同美回去之後，我的情緒依然很激動。我覺得小雪好像被人搶走了。為了甩開這個想法，我決定到外頭走走。

我漫無目的地走著，最後停在漂亮美容室門前。美容室的門大開，王老闆正在裡頭打掃。前幾天他才高喊一切都沒有意義，現在終於振作起來了。

「看到你開門營業，黃部長肯定開心死了。」

我走進漂亮美容室對著王老闆說。但王老闆沒回話，只是擦了擦椅子，然後又擦了擦鏡子。我能感覺到他很用心地在清潔每個角落，非常仔細，不錯過任何地方。王老闆專注打掃，始終把我晾在一旁。正當我覺得有些掃興，準備離開美容室時，王老闆指著椅子。

「坐吧，我幫妳整理頭髮。」

「我的頭髮很亂嗎？」

「妳才剛燙過，應該不用做什麼整理，但稍微修一下也好。」

王老闆的聲音有氣無力，鏡中的他，帶著一副了無生趣的表情。不知他有沒有好好吃飯，整張臉蒼白且毫無血色。我想安慰他，但卻想不出該說什麼才好。

「有個人啊，他很喜歡另外一個人，但那份喜歡的感情非常複雜，裡面當然也有愛情的成份。只要是為了自己喜歡的人，他願意做任何事；只要能讓自己喜歡的人微笑，他甚至願意欣然獻上自己的心。但是啊，某天這個人突然死了。他一直覺得自己喜歡的人需要他，是不可或缺的存在，他哪可能放下自己喜歡的人，安心離開這個世界？但沒辦法啊，他已經死了。王老闆，我看你好像是被喜歡的人甩了，但其實只要還活著，就有機會重新建立這段關係。所以你不要太難過，希望你可以打起精神來。」

我邊說邊觀察王老闆的反應，他的表情沒有太大的變化。

「這個人盡是擔心一些沒用的事。」

「什麼？」

「我說這個死掉的人。他肯定是以為自己不在了，喜歡的人會活不下去、一心覺得對方的處境很可憐吧？他以為只有自己才能守護心儀的人，所以就算死了，也還是拼命在找自己能為對方做出什麼犧牲。真是白費力氣。」

我看著王老闆映照在鏡中的臉。

「沒有啦，這是我的想法啦。頭髮整理好了。」

王老闆看著鏡子裡的我，我恰好與他對上眼。

「妳的臉這樣看起來小多了。我順道幫妳修一下眉毛吧。」

王老闆替我修完眉後，又接著說要替我修指甲。我覺得對他有些不好意思，便說回去要做點祕密武器送來給他吃。

「不用了，不需要了，其實我沒那麼喜歡吃東西。如果我說我不吃東西也不會死，妳相信嗎？呵呵呵，我只是誤以為只要我認真吃，事情就會往我想的方向發展。一頭大象就算不吃草改吃肉，也不可能真的變成老虎，只是大象天真地以為牠有機會變成老虎。」

我完全聽不懂他在說什麼，不過也無法追問他究竟想表達什麼。王老闆的表情認真且嚴肅，讓我不敢隨意開口。他替我修完指甲後，冷不防抓住我的手向上一翻，盯著我的手掌心看。

「哎呀，妳的手真美，指甲都修好了。」

他放下修甲刀說。

黃部長的執著很可疑

這場雨約莫從午餐時間開始下，到了傍晚時分逐漸演變成一場暴雨。風勢、雨勢都越來越猛烈，整個世界瞬間被大雨困住，讓人看不清眼前的路。具珠美牽著東燦的手，穿越這場大雨來到餐廳。看到他們出現時，我不禁在心裡暗叫不妙，因為下雨天二樓傳出聲音的機率很高。

「雨下得這麼大，晚一點你們可能會沒辦法回家喔！你們都沒想過可能會有排水口被堵住造成淹水嗎？今天還是先回去吧。」

「阿姨，我姊姊很固執啦！妳怎麼趕她都不會走。就算回家路上會被水沖走，她也不會走的，勸她沒有用。」

東燦進到房裡，直接找了個舒服的位置躺下來睡覺。

夜越深風雨越大。時間才剛過十二點，我就聽到風雨聲中夾雜著怪聲。唰——

唰——唰——那是拖拉東西的聲音。原本蜷縮在一旁快要睡著的具珠美瞬間睜大了眼，她轉頭看向我，並吞了口口水。

「阿姨，妳也聽到了吧？」

不，我什麼都沒聽到啊，妳聽到什麼了？我本想這樣說的，但唯獨今天，那聲音大到我無法否認。具珠美立即坐到我身旁。

唰——唰——唰——

「那是什麼聲音？」

具珠美悄聲問道。我說聽起來像拖東西的聲音，她立刻露出要哭出來的表情。這個聲音每隔幾分鐘便會出現，就這麼持續了二十分鐘左右，然後就不再出聲。

「我不敢回家了，我完全不敢離開這房間一步，太可怕了。」

其實我也不打算大半夜的，冒著大雨帶著他們兩個回家。不過如果他們兩個沒回家，他們的父母又發現兩人半夜都不在家的話，事情可能會變得很複雜。我告訴具珠美，他們必須回家了，具珠美卻帶著哭腔說她不敢離開房間。

外頭的風雨逐漸加劇，甚至開始打雷閃電。具珠美一直縮在一旁，直到破曉時分才終於體力不支，倒下來沉沉入睡。直到確認具珠美熟睡之後，我才短暫閉眼休息。

一陣吵鬧的音樂聲把我驚醒，那是具珠美的手機鈴聲。雖然手機響了，但具珠美與東燦都沒醒。天還是黑的，風雨依然沒有停歇。我拿起具珠美的手機一看，畫面上寫著「媽媽」兩個字，讓我的心瞬間涼了半截。

「妳快起來，有電話。」

我搖了搖具珠美，她卻紋風不動。

「喂？」

無奈之下，我只好接起電話。

「喂？這是珠美的手機吧？我確定這是我家珠美的手機，妳是誰？珠美在哪？東燦呢？快叫我家東燦跟珠美來聽。妳到底是誰？」

「我、我、我是柳采宇……這、這裡是約定食堂。」

「約定食堂？妳是說我家珠美跟東燦都在那嗎？為什麼？妳叫他們不要亂跑，我立刻過去！」

具珠美的媽媽非常激動，聲音聽起來甚至有些顫抖。

沒過多久，具珠美的父母就來了。哭著衝進來想把他們打醒，但他們依然沒有反應。過了一段時間，他們才揉著眼睛，一臉迷糊地坐起身來。

「妳在搞什麼！」

具珠美的媽媽對著我大吼。

「妳知道未經父母同意帶走小孩的罪有多重嗎？妳為什麼要這樣對珠美？妳等著瞧！我一定會告妳！食物中毒那時就不該放過妳的，我不跟妳計較，妳就以為我是傻子、是白癡，所以才敢做出這種事吧！」

聽見具媽媽說出傻子跟白癡，具爸爸不知為何也跟著氣了起來。真不知道是誰把誰當成傻子白癡，自以為是地在那發脾氣啊？都不問珠美跟東燦為什麼要來這，只顧著發脾氣。而且我有對具珠美怎樣嗎？我也很想吼回去，但還是忍住了。

「這件事情是這樣的……」

如果要走法律途徑，肯定又會驚動警察，我又要浪費時間去警察局解釋，我已經沒有時間可浪費了。

「不，我不想聽妳辯解，也沒必要聽。我不知道妳把孩子們帶來這裡是想做什麼，但這不是件小事，妳也知道這棟房子發生過什麼吧！」

後來具珠美跟東燦拉著父母的手離開了。一陣騷動之後，太陽漸漸升起，天一亮之後，風雨反而逐漸平靜下來。

警察在十點左右找上門來。

「這間餐廳開幕還不到一個月，我們就已經見兩次面了，還都是因為一些不好的事。真希望我下次來這裡可以是單純的用餐。」

警察問了很多問題，包括為何要在半夜把孩子們叫來餐廳、具珠美的父母說我別有居心，事情是否真如他們所說等等。我告訴警察，我到底是別有什麼居心？我根本沒有任何盤算，而且也不是我叫他們來的，如果真想知道他們來做什麼，那請去問那兩個孩子。警察說，根據具家父母的描述，具珠美跟東燦現在大受打擊，身心俱疲且非常脆弱，無法跟人進行正常的溝通。這真是要把我逼瘋了。但想想也對，昨晚聽到那個聲音之後，具珠美就變得非常不安。

「我真的無話可說。」

除非具珠美親口解釋這件事，否則我希望幫她保守這個祕密。警察提高了音量，再次質問我，兩個孩子大半夜跑來這裡睡覺，我怎麼能無話可說？我依舊要警察去找珠美跟東燦問原因，並一再重複說我什麼都不知道。

「妳這種態度，以後很難在這裡繼續做生意了。我不是威脅妳，是因為無論在哪裡，牽涉到小孩都會變成很敏感的問題。如果這件事傳遍整個社區，妳要怎麼繼續做生意？請妳據實以告吧。」

原來從事警察這個行業的人那麼會死纏爛打。我都說無話可說了，他還一直要我據實以告。就在我受不了警察的追問，打算把具珠美的祕密說出口時，黃部長走進餐廳裡。

「天啊，發生什麼事了嗎？」

黃部長一看到警察就開心地迎上前去，看來他們是舊識。

「這間餐廳出了點事情。話說回來，黃部長，妳最近過得還好嗎？」警察問。

「還好，沒什麼大事。我本來是想說退休以後就到處找找樂子、吃吃美食，但不知道我是天生不愛吃，還是根本不適合成天吃喝玩樂，現在都沒有什麼美食能吸引我，更沒有什麼吃東西的心情。我還在找有沒有其他事情能打發時間。」

「就是說嘛，黃部長妳還是適合工作啦！我們也會找找看有沒有適合妳做的事情。以前真的受到妳很多幫助，現在得要好好報答妳才行。我之後再找機會跟妳聯絡。」

警察闔上手冊，並將手冊塞入夾克內側的口袋裡。

「呵呵呵呵，一定要跟我聯絡喔！」

黃部長輕挑地笑了幾聲。

「我也不想回去做那些麻煩事。只要在你們需要我、聯絡我的時候，我再看自己能幫忙什麼就好。」

就在警察坐上停在院子裡的警車時，黃部長用他們聽不見的音量低聲對我說：

「跟死人打交道真的不是什麼容易的事。」

「對啊，我想也是。」

「我也有一些同事覺得做這行很有價值，他們天生就適合這份工作。但老實說，我跟他們不一樣，我只是為了討口飯吃才來做這個。我小時候很希望自己能做一份優雅的工作，要很優雅。」

「是喔。」

我回得很敷衍。無論黃部長以前想做的是怎樣的工作、無論她夢想怎樣的人生，那都與我無關。如果我有多餘的時間，我當然能夠多問她幾句，但現在可沒那種閒功夫。

黃部長分別點了祕密武器、雪融布丁與蒝薯羅曼史各兩份。

「這次的蒝薯羅曼史是上次的升級版。」

「真的嗎？對了，妳有看到王老闆嗎？」黃部長問。

「美容室沒開門嗎？我昨天有看到他在打掃。」

「他有打掃？那為什麼沒開門？我的頭髮亂七八糟的，一定要由王老闆來整理才能夠讓我滿意耶！我有去其他美容室整理過，結果真是糟透了。妳看，很糟吧？一定要讓王老闆來處裡我的頭髮啦！」

在我看來，她的頭髮一點都沒變。無論是初次見面時的髮型，還是燙過之後的髮型，或是現在她口中的一頭亂髮，我都看不出有什麼不同。

「是啊。」

如果我說看不出有什麼差別，這個話題可能會越拖越長，所以我決定簡短回應。

黃部長一臉傷心欲絕，一邊用手指搔著那顆頭。

「對了，警察來找妳幹嘛？」

如果把具珠美跟東燦昨晚睡在這的事告訴她，她肯定會追問一堆，那我就得把昨晚發生的事解釋給她聽，但我實在不想這麼做。

「沒什麼啦。」

雖然隨便敷衍過去，事情應該也會很快曝光，但我還是決定先這麼做。具珠美的媽媽肯定不會善罷干休，而且黃部長跟警察關係似乎不錯，也許她今天就會打聽到整件事的原委。不過我才不管她會不會從別人那聽說這件事，我現在不想給自己找麻煩。

「我想問妳……」

黃部長的神色有些緊張。

「是不是這棟房子出了什麼事？畢竟外面有很可怕的謠言嘛！是查到了事情的真相，還是找到什麼能佐證謠言的新證據了？還是查出原本住在二樓的那戶人家，現在搬去什麼地方了？但不管怎樣，妳這間餐廳還是要開下去，不可以立刻關門喔！」

「不是妳想的那樣。」

「不是嗎？」

「對。」

黃部長看上去似乎還有話要說，但她很快收起了自己的好奇心。吃完她點的餐之後，便開始聊起王老闆的事。她說王老闆剛在那開店時，還是個很有幹勁的人，總會熱情地跟社區的婆婆媽媽聊天，為人也很隨和，大家都把他當弟弟一樣看待。但這幾天有人說他變得很奇怪，不管別人問他什麼，他都回答得不乾不脆，心情似乎不太好，累積了很多不滿。黃部長還補充說，人要秉持初衷才能成功，但王老闆似乎是以為自己現在做出一點小成績，就可以這麼得意，這樣反而會害自己摔得很慘。

「其實……」

我實在不能不說幾句話。本來只是想當耳邊風聽一聽，但她真的把王老闆說得太誇張了。

「是因為發生了一些事讓他很難過，所以他才會那樣。」

「發生了一些事？什麼事？」

「這是王老闆個人的私事，我不方便說。但我看黃部長妳好像有些誤會，所以才覺得應該要提醒妳一下。王老闆不是忘記初衷，也沒有自以為事業成功，他只是現在心裡很難過。他被甩了。」

「被甩？」

「對。」

「這是什麼意思？」

本以為給了這點提示，黃部長應該就聽得懂，但我錯了。她總是一副見過世面的模樣，我還以為她一點就會通，沒想到居然連國小生都不如。

「他有一個喜歡的人，但他被對方甩了。其實這件事才剛發生而已，他連飯都吃不下，整個人瘦了一大圈。」

「天啊，真的嗎？哎呀！老實說，怎麼會有女人喜歡王老闆啊？他的確是個很擅長傾聽的朋友，也是很棒的美容師，實在很難找到能媲美他手藝的人。但作為男人……總之，就算真的發生了這種事，直接把店收起來也太誇張了吧！被甩是被甩，美容室是美容室啊！做生意就是跟客人做約定，不能隨心所欲想休就休，只能在約好的那一天休息。」

黃部長是個嗓門很大又愛笑的女人，總讓人覺得她個性好、很隨和。我還以為她只要知道王老闆的情況，應該就能夠體諒王老闆，沒想到她竟跟我想的完全不一樣。

「蔥薯羅曼史怎麼樣？蔥的味道沒那麼強烈了吧？」

「還是跟以前一樣。」

黃部長冷冷地說。

黃部長回去之後，我便決定今天不再做生意。我躺在房間裡呆呆地看著自己的手掌，如果將印章分成十等份，那麼現在大概只剩下十分之二。但我知道，剩下的十分之二也可能在某一刻突然消失。

「我沒時間繼續耗在這了。」

我起身，重新開門營業。

高同美百分之百就是小雪，但這只是我的推測，沒有明確的證據。高同美絲毫沒有她是小雪時的記憶。沒想到前世與今生竟會被切割得如此清楚，真是我始料未及的結果。我早就知道她會沒有前世記憶，也做足了覺悟，但還是一心以為只要我努力，也許就有機會突破這層限制。

這時，黃部長跑了進來。

「妳有東西忘了拿嗎？」

「不，沒有啦。老闆娘，漂亮美容室門口貼了要歇業的公告，王老闆沒跟妳聯絡嗎？」

「他要歇業？怎麼可能！」

都要歇業了，他還這麼用心打掃？我看到他在打掃的時候，還以為他很快就會收拾好心情，繼續埋首工作。

「這樣讓人很困擾耶！這麼快就歇業，真的讓人很困擾！」

黃部長似乎是真的生氣了。其實走到大馬路上，每隔幾步路就有一間美容室。我明白她把王老闆當弟弟看待，事情這樣發展，多少會讓她覺得自己遭到背叛，但實在沒必要這麼生氣。如果她是真心為這個弟弟著想，那她該問的是王老闆究竟有多心痛、有多麼難以從打擊中恢復，才會做出這個困難的決定吧？然後她應該要祝福王老闆能夠盡快克服失戀的傷痛，重新找回活力才對。但黃部長卻暴跳如雷，就像遭到最親近的人背叛一樣，我在一旁靜靜看著她。要是過幾天我這間餐廳也歇業了，她也會這麼生氣嗎？

「老闆娘，妳不會也這樣突然歇業吧？」

黃部長先是重重嘆了口氣，然後開口問道。

「什麼？」

「妳會像王老闆這樣，一聲不響就關門嗎？」

「這個嘛……」

「我可是把妳當妹妹一樣看待，妳知道吧？好啦，我看妳也不像是會失戀還是怎樣的那種人。要談戀愛才會失戀嘛！王老闆看起來哪裡像是會談戀愛的人？這樣真的不行啦！總之，老闆娘妳不可以這樣喔！」

「有件事我真的很好奇。」

我原本不想給自己找麻煩，所以只是靜靜聽她說，但真是忍不住了。

「難道黃部長是我這間餐廳和漂亮美容室的房東嗎？」

她一直說要我撐下去，除了房東，不會有人這樣堅持吧？畢竟屋子因為人心惶惶的謠言而一直租不出去、店面一直閒置，最焦急的人自然就是房子的主人了。

「妳在說什麼啊？老闆娘，妳當初是跟我簽約的嗎？如果我是房東，那妳的租屋合約就該是跟我簽的吧？我是為了這個社區的氣氛！而且有人決定在這些不受年輕人好評的空屋、空店面開店，努力活絡整個社區的氣氛，現在卻落得這個下場，我當然會覺得很可惜，妳真是不懂我的用心耶！」

黃部長嚷嚷了好久，一直說自己這麼幫忙，王老闆真是忘恩負義，早知道就把這份心意拿去照顧流浪貓，說不定還能幫自己贏得大善人的美譽。雖不知道王老闆歇業到底帶給她多大的衝擊，但我決定不再多想。

這是個無謂的承諾

「金寶英，四十二歲。」

終於，我從警察口中聽見了我現在的名字跟年齡。警察透過指紋調查我的身分，看著對「金寶英」三個字感到陌生的我，警察似乎都在懷疑我可能是失智或離家出走。他們看似努力想再多查一些跟金寶英這個人有關的資訊，但除了年齡跟姓名之外，再也找不到任何其他的訊息，更沒有證據顯示我離家出走或患有失智。雖然被叫到警察局去，但我真的是無話可說，只能不斷要警察去問珠美跟東燦，這樣才有助於了解事實真相。

離開警察局後，我抬頭仰望天空。萬里無雲的天空，清澈得令人莫名感傷。

我往高同美家走去。我必須用剩下的時間多跟她見面。我到她家的時候，恰好是放學時間。

我在她家的巷子口遇見她。

「我相信是具珠美主動去餐廳找妳的。」

高同美一看到我便立刻說出這句話。

「妳怎麼知道？珠美跟東燦告訴妳，說他們睡在餐廳嗎？」

「學校都在傳，好像是具珠美的媽媽跟學校聯絡講了這件事。體育老師也要大家千萬別去約定食堂，還說要收回他上次叫大家多去約定食堂吃飯的話，他好像也很為難，但我知道事情不是這樣。那個……昨晚具珠美在約定食堂做什麼？她上去二樓看了，對吧？」

「不，具珠美沒有上去二樓。」

我斬釘截鐵地回答。

「真的嗎？妳為什麼會在這裡？妳是來找我的嗎？」

「嗯？嗯，對，我是來找妳的。」

「找我有什麼事？」

「其實我的餐廳可能很快要歇業了。我是想叫妳在關門之前趕快再來吃頓飯……對了，餐廳歇業這件事還是祕密，妳能幫我保密吧？要說為什麼是祕密嘛……」

「我知道妳為什麼要保密。因為二樓的那些謠言都是真的，如果餐廳關門，妳怕那些謠言會越炒越兇吧？聽到大家討論這些事，會讓妳心情很不好。」

高同美說。

「沒錯，就是這樣，我就要關門了，但是食材還剩很多。所以我想做菜給特定的幾個人吃，妳什麼時候過來？」

高同美說她回家梳洗一下就來餐廳找我。

我回到餐廳，開始用心備料。我想做出最美味的祕密武器，好吃到讓高同美，不，好吃到讓小雪永生難忘。如果再提起祕密武器裡的食材，高同美說不定會想起她前世的一些回憶，到時我們再討論蔥薯羅曼史的事。我打從心底希望高同美能想起那天早上，小雪本來要告訴我的蔥薯羅曼史食譜，這樣我就能全心全意用那一份食譜，做出最好的蔥薯羅曼史。如果小雪的食譜有哪裡不夠好，還可以用我的食譜稍微改良一下。融合我跟小雪兩人的食譜，我相信就能創造出完美的蔥薯羅曼史。即使高同美不再認為馬鈴薯湯、馬鈴薯燉菜裡的蔥會為她帶來不幸了，但我還是必須完成蔥薯羅曼史，遵守我跟小雪的約定。而「我喜歡妳」這句話，如今已成了沉入深海的祕密，永遠不會浮到水面上來。

「應該趁還活著的時候告白的。」

我很後悔。雖然我不說，小雪應該也能明白我的心意。但親耳聽見我的告白，想必還是會有不同的感受。我試著想像小雪聽見我的告白，輕輕露出微笑的模樣。就算只有一分鐘也好，真希望我們能夠短暫變回柳采宇和小雪。

還不到晚餐時間，高同美便出現在餐廳。她一進餐廳便立刻先去廁所。我以為她是要洗手，但過了好久她都沒有出來。不祥的預感閃過我的腦海，就在我想去廁所找她時，她才終於走了出來。我看高同美的手根本沒有沾濕，這表示她沒有洗手。她的手上沾著一些灰塵，難道她上去二樓了嗎？我決定先假裝不知情。

「妳要做祕密武器嗎？」

高同美問。

「嗯？嗯，對，祕密武器。先從祕密武器做起，妳可以坐那邊。」

我指著窗邊的位置，夕陽的餘暉穿透窗戶照在桌上。小雪喜歡夕陽與晚霞，有一次夕陽特別紅，她坐在育幼院的台階上說：「那晚霞後面似乎有我們不知道的世界。」不知道為什麼，我現在會突然想起這件事。我們不知道的世界！我突然覺得，那天小雪所說的世界或許就是這裡。

「味道好香。」

高同美說。我在做祕密武器時偷看了她一眼，心跳竟瞬間漏了一拍。因為在夕陽的照耀下，高同美的額頭，以及從額頭到鼻樑的線條，看起來都跟小雪一模一樣。

我把裝有祕密武器的盤子放在桌上，在高同美對面坐下。

「這裡面應該是加了地瓜跟紅蘿蔔，還有一點洋蔥味。」

「沒錯。」

「但我吃不出這個最後的香味是什麼。」

高同美的話讓我有些緊張，最後的香味！那就是小雪跟我的祕密食材。拜託，希望高同美一定要想起那個食材。我雙手合十，迫切地祈禱著。

「這是我認識的某兩個人一起開發出來的菜單。」

「真的嗎？是妳的女兒？兒子？」

「不，不是，是我很喜歡的兩個人。他們以前住在育幼院，女生很不會做菜，卻有研發料理的才能，而男生則是料理手藝很好的孩子。女生的夢想，是希望世上的百貨公司跟超市，都能夠販售她研發出來的料理。有時候她也會說要開一間很棒的餐廳，還說要是開了餐廳，就要男生到她的餐廳當首席主廚。」

我一邊說，一邊緊盯著高同美的表情，連一絲變化都不願放過，因為她或許會在某一刻想起前世的記憶。

「他們兩個的夢想實現了嗎？」

「沒有。」

「啊，他們還是小孩吧？長大之後就能實現夢想了。」

「那個男生死了。」

「什麼？」

「我說那個男生死了。」

我看向窗外。太陽逐漸西沉，光芒也逐漸消退，取而代之的是一點一點進佔的黑暗。

「怎麼會死？」

我實在無法告訴她是被打死的。我無法立刻回答，我思考究竟該怎麼帶過這個問題。但仔細想想，這似乎是最能夠幫助她喚醒記憶的一句話。畢竟對小雪來說，我的死肯定是最大的打擊。我深吸了一口氣，穩定自己的心情。

「打架，他是因為跟人打架才會死的。」

高同美直盯著我看。

「妳上次有說過被打死之類的話吧？那就是在說他嗎？」

我曾經說過這種話嗎？從高同美口中聽見被打死幾個字，我瞬間愣住。就像被不知名的陌生人敲了下後腦勺，不知該做何反應。

「對，其實這個講法很多種啦，用現在的表現方式就是被打死的。他是為了保護那個女生而死。有這樣的隱情，卻只簡單說他是被打死的，對他有點殘忍吧？」

「好像是。」

高同美點了點頭。

我們陷入沉默。高同美靜靜吃著祕密武器，而我則仔細端詳她的臉。

「妳說過妳喜歡馬鈴薯吧？」

「對。」

「妳有想過喜歡的食物可能會為妳帶來不幸嗎？」

「喜歡的食物？不知道耶，我好像沒這樣想過。」

這句話說完後，我們又陷入短暫的沉默。

「我想拜託妳一件事。那兩個孩子有一道沒有完成的料理，我必須把它完成。妳可以幫我嗎？就是那一道料理，蔥薯羅曼史。」

我指著菜單，高同美搖了搖頭，說她沒有這方面的才能。

「唉，妳不願意也是正常的。」

我的心裡彷彿瞬間吹起一陣強烈的冷風，那陣風撞擊著我的身體，每一處被撞擊到的地方都瞬間結凍。我的胃、我的心、我的五臟六腑都在刺痛。

就在高同美吃完祕密武器，說了聲謝謝招待，起身準備離開的那一刻，餐廳的門開了。具珠美走了進來，兩人看到對方都嚇了一跳，而我則是瞬間繃緊神經。既然知道她們的關係有多麼緊張，自然會擔心兩人可能一見面就吵起來。如果她們當場打起來，被具珠美的媽媽知道，肯定又會拿這件事來找我麻煩，報警跟通報學校肯定是少不了的。

「高同美，妳要回家了，快回去吧！具珠美，妳過來是有事要問我吧？妳媽媽要是知道妳又跑來這裡肯定會抓狂，但反正妳都來了，就先坐吧。」

我趕緊想辦法排除狀況。

「妳們剛剛說了什麼？」

具珠美問。

「我們什麼都沒說。我哪有什麼話能跟她說？餐廳不是用來談事情的地方，是來吃東西的地方。妳看，這裡有空盤子對吧？她才剛吃完東西準備要走。」

「阿姨，妳幹嘛這麼緊張？」

具珠美瞪大眼睛質問我。我聳了聳肩，向她表示自己一點也沒有緊張，事情根本不是她說的那樣。

「怎麼了？高同美說是我的錯嗎？一直堅持說她自己沒有錯嗎？」

「我沒說過這種話。」

原本默不作聲的高同美突然開口，氣氛瞬間降到冰點。

「等、等一下，妳們兩個先坐下。」

我感覺危機一觸即發，對彼此無比冷漠的兩人隨時都可能會打起來。凍結的氣氛彷彿隨時都會化成碎片四散開來，割傷在場的我們。在衝突發生之前，我趕緊讓她們都坐下。只是她們就像在坐翹翹板一樣，一個人坐下，另一個就站起來，就這麼不斷重複相同的動作。

「好啊，妳們打一架吧，想打的話就在這打吧！」

我放棄好聲好氣地安撫她們，改用激將法阻止她們吵架。沒想到我才剛說完，具珠美就抓著高同美的領子，拖著她往外走。高同美一聲也沒吭，就這麼任憑具珠美把她拉走。事情發生得太突然，我還來不及回神，只能呆看著具珠美與高同美的背影。然後我突然驚醒過來，三步併作兩步追了上去。

幸好我在兩人扭打起來之前制止了她們，並把她們分別送回家。

回到餐廳，我去洗了個手，也看了看自己的掌心。瞬間，我哭了出來，而且怎麼也停不下來，只是我不知道自己是為何而哭。如果不是因為高同美，不是因為小雪喜歡其他的男生而哭，那就是因為意識到我對小雪的心意，其實只是愚蠢的執著，或者這兩個原因都有。

哭了好一陣子，我才聽見有人叫我。我隨便洗了一下臉，然後便走到餐廳。叫我的人是王老闆。他原本那顆紅藍相間，讓人聯想到啄木鳥的頭已經不見了。現在他頂著一頭黑髮，我能看見他蓋在額頭上的黑髮還發出閃亮的光澤。換了個髮色讓他整個人看起來比之前更加沉著、穩重。雖然以前他就經常穿黑色，不過今天一身黑色西裝的他，看起來格外幹練。

「黃部長一直在找你，聽說你把美容室收起來了。她好像有去別的美容室做頭髮，但都不太滿意。」

「我該走了。」

「你要去其他地方開店嗎？」

「不是，是我的時間到了。反正時間一到，我就是得離開。但這樣默默消失實在很奇怪，所以我才想要做點什麼，替自己留下一個美好的結局。我想把事情告訴妳。其他的事情我是不清楚，但我一直以為自己對那個人的看法是正確的。無論她在哪裡、身處哪個世界，即使必須穿越時空才能抵達那個世界，我都相信她必須要在我身邊。以前我有一部很喜歡的連續劇，內容是描述主角穿越時空去見他的愛人。戲裡面兩個人都死了，然後在其他的世界重逢，但他們還是保有對彼此的那份愛。他們重逢的那一刻真的很美，就像他們當初相愛時的模樣，而我也一直夢想能有這樣的愛情。」

王老闆哭了起來。

「有人說過，人出生的那一刻，就已經決定好這一生有多長，等時間到了就必須離開。即使投胎到其他世界，那也是與過往截然不同的人生，而不是前世的延長，可是我一直相信我所記得的一切，會永遠屬於我。」

我看著王老闆，他的雙眼變得十分憂傷，就在我與他對上眼的那一刻……

「你是不是……」

我想問他是不是見過萬狐。

「我在那段時間裡，把我所有的心意都給了那個人。我能做的、我能給的，全部都奉獻給她。但我還是覺得不夠，總覺得哪裡缺了什麼，也一心以為我是她不可或缺的存在，這也是為什麼即使死了，我依然無法放下她。我想告訴她，也許有一天我能夠幫上忙。我看妳似乎還沒找到妳要找的人，無論結果是失望還是後悔，妳都一定要找到他吧？妳拿自己的新人生去交換而來到這裡，跟二樓的那起事件有關嗎？」

王老闆向我走近一步。

「你見過萬狐吧？」

我問王老闆，他點了點頭。

「住在二樓的那一家人，都是自己離開這棟房子的，沒有被任何事件牽連，只是刻意布置成像遭遇意外而已。」

「這是什麼意思？」

「住在二樓的人其實不是這裡的屋主，只是租客。但他們似乎跟房東之間有什麼問題，我不清楚是什麼事。唯一能確定的是，他們對屋主心懷怨恨。最重要的是，二樓的那件事還牽連到黃部長，黃部長跟住在二樓的人原本是很要好的朋友。那件事情發生之後，這棟房子就算售價再便宜，你覺得會有人想買嗎？絕對不會，不會有人想買凶宅。最後是黃部長買下了這棟房子，美容室也是她買下來的。黃部長很可怕，她雖然跟二樓的人是好朋友，卻是假意為他們好，並欺騙了他們。其實這一帶很快要發表都更的消息了，我不曉得黃部長是從哪得知這些消息。總之她知道這件事，所以她才用計把這裡變成凶宅，讓房價一落千丈後，自己再把屋子買下來。黃部長心懷鬼胎，假裝為租客著想，跟租客聯手報復房東。但其實她是想便宜買下這棟房子，而利用了那群租客。這就是二樓事件的全貌。」

聽完王老闆這一番話，我吃驚地看著他。

「這裡的房客其實只是瞞著大家悄悄離開而已，但在人們謠傳之下，就成了很嚇人的凶案。美容室也是。人生在世，多少都會遇到一些讓人覺得很不可思議，卻又真實發生的事，美容室就是剛好發生了這樣的事情。可是在人們謠傳之下，美容室就變成充滿詛咒的地方了。真相是美容室那一區也要都更，黃部長想藉這個機會，用便宜的價格把房子買下來。」

王老闆看起來不像是會憑空杜撰的人，可是我也無法完全相信他講的話。例如二樓的聲音，那個拖拉東西的聲音，那要怎麼解釋？

「謠言也不完全是錯的，我有聽到二樓傳出聲音，每次下雨就會聽到。」

「是嗎？」

「對啊，就是一直在拖東西的聲音。」

王老闆短暫沉默。

「那真是奇怪，就我所知，二樓的事情根本不像謠言說得那麼可怕。不過我想餐廳大姐，妳應該不會亂講話……總之，我已經把我知道的，跟二樓有關的事都告訴妳了，現在該走了。」

王老闆說話的語速非常快，像是真的很趕時間。

「等等，這件事你是從哪聽來的？」

我想知道這個情報是否正確。

「從黃部長那得知的。不過，也不是黃部長親口告訴我的。是我仔細調查過黃部長，才發現這些事情。上次我也跟大姐妳說過，我一直在找一個人，而妳誤會是Y美容室的老闆，其實我一直在找的人是黃部長，我完全沒想到她會變成這個樣子。我想見的那個人、跟那個人共度的時間，其實在原本的世界裡都已經結束了。現在她投胎成另外一個人，展開一段全新的人生，已經跟我沒有瓜葛了。過去我總是告訴她說：『對不起，在這世上我能為妳做的不多，但下輩子我一定會再找到妳，到時我會對妳更好。』我總是盡心盡力地對她，卻還是覺得不夠，所以才會做出這種沒用的承諾。但是每當我這麼說時，那個人也都會跟我說，她也希望下輩子能再見到我。只是最後我還是沒有遵守約定，其實那個約定根本沒有意義。因為如果我覺得自己做得不夠，那就應該當下更努力去彌補，而不是寄託給未來。我現在知道那個人並不像我一樣迫切渴望，這讓我覺得很心痛。啊！我現在真的該走了。」

王老闆向我揮了揮手，就在這時，我注意到他的手掌心。我用力抓住他的手腕，將他的手掌扳開來查看。一小點紅色印章的痕跡，還殘留在那裡。

「你要消逝了嗎？」

王老闆沒有多做回應，只是輕輕推開我的手後轉身離開。他走出餐廳的大門，穿過院子頭也不回地離去。我一直看著他的背影，直到他繞過轉角，走進另一條巷子，我都沒有將視線挪開。沒能遵守約定、沒意義的約定，王老闆的話彷彿還言猶在耳。

最後有了該做的事情

接下來兩天，我的腦袋一直處在混亂的狀態。我反覆咀嚼王老闆離去前說的話。我也跟他一樣，即使為小雪做盡了一切我能做的事，依然覺得不夠。明明只有我能保護小雪，我卻總因為自己能力有限而感到遺憾。所以就算是死了，也希望來生能夠繼續保護小雪。

「我這麼迫切渴望，小雪是否跟我一樣呢？我也會跟王老闆一樣，發現一切都是我自作多情，最後黯然離開嗎？」

小雪死了之後，肯定接受過審判，並且獲得能投胎成另一個人的機會。萬狐肯定也找過她，但她依然選擇投胎成高同美，這表示小雪沒有接受萬狐的提議，也證明她並不像我一樣那麼渴望。

「我很想守約，很希望能在死前告訴小雪，這一切絕對不是她的錯，還想要告訴她我喜歡她。」

只是就王老闆的說法來看，這一切都是徒勞無功。

「如果我沒有接受萬狐的提議，如果我沒有來到這裡，那我會在哪個世界，投胎成怎樣的人呢？」

我突然開始思考這件事，雖然這個思考一點意義也沒有。

我起身看著窗外，天空烏雲密布，彷彿瞬間就會降下傾盆大雨。我以四十二歲的金寶英這個身分來到這世上，如今時間已經所剩無幾。看印章的痕跡，我大概只剩兩到三天，頂多就是三、四天而已。金寶英究竟是誰呢？我為什麼會以這個人的身分來到這？雖然很好奇，但這沒有意義，再好奇也都是多餘，因為我很快會化為一縷輕煙消失在世界上。

我打開冰箱，發現食材還有剩。王老闆離開的前幾天，他似乎很徬徨。美容室沒有開門，他也沒有見黃部長。我想當時的王老闆應該就跟現在的我一樣，什麼都不想做吧。但我畢竟跟王老闆不一樣，我決定還是振作起來，開始打掃冰箱，並將所有食材拿出來處理。

一到晚上，外頭便開始下起雨來。我做了祕密武器，奶油的香味飄盪在整間餐廳裡，讓我的心情瞬間好了起來。我切開熱騰騰的祕密武器，一口放進嘴裡，濃郁的香味瞬間在嘴裡擴散開來。

「還有這麼多蔥該怎麼辦？萬狐這麼有心，我至少該把食材用完再走吧？」

我把冰箱裡的蔥拿出來，打算拿滾水汆燙。其實我已經嘗試過這個食譜，但還是想再做一次。雖然這件事已經沒有意義了，但不做點什麼，我可能會像王老闆一樣，白白浪費掉剩餘的時間。那可不行。因為這樣一來，只會讓我，讓柳采宇這個人變得更悲慘而已。

我把蔥拿去汆燙，再把馬鈴薯煮熟，接著將煮熟的馬鈴薯壓成綿密的薯泥，然後將蔥切碎。將蔥切成蔥花後，我發現蔥味還是很明顯。我把煮好的蔥薯羅曼史切成適合入口的大小。

「小雪的食譜會是什麼呢？」

我一邊吃一邊想。明知道這沒有意義，我還是忍不住好奇。

就在這時，我聽見二樓傳來聲音。唰——唰——唰——，是在拖東西的聲音。

——轟隆隆隆，轟！

外頭雷聲大作。我關上餐廳的燈，決心隱藏自己的蹤跡，到二樓去看一看。燈一關，二樓傳來的聲音就更加清晰。

我踮起腳尖往倉庫走去。如果事情真如王老闆所說，那二樓就不該有任何人，畢竟曾經住在那的人都離開了。我想親眼確認二樓傳出的聲音究竟是怎麼回事。

我在黑暗中摸索著，來到通往二樓的階梯前。雷聲隆隆作響，我一階一階小心翼翼地爬上二樓，心跳快得像是心臟就要跳出胸膛一般。

「啊。」

踩上最後一階的時候，我差點驚叫出聲，我趕緊用手摀住自己的嘴。通往二樓客廳的門竟是開著的！我明明記得前幾天上來查看過後，有把門關上才離開。高同美沾滿灰塵的手閃過我的腦海，難道是她打開的嗎？我躲在門板後面，調整了一下自己的呼吸才探頭往客廳看。客廳一片漆黑，伸手不見五指。過了一陣子，我的眼睛才逐漸習慣黑暗。啊！我嚇得停止呼吸。客廳裡有個人影，正拖著東西走來走去！那個人影穿過客廳往主臥室走去，然後又從主臥室重新回到客廳，就這麼在主臥室與客廳之間來來回回。

——轟隆！

雖然幾道雷電閃過，但僅憑瞬間的閃電，實在看不清那個人影。那人不知道在主臥室與客廳之間來回了多少次，最後終於在進到主臥室之後便沒再出現。緊接著又是轟的一聲，那個人影從主臥室出現，朝我所站的地方走來。我趕緊躲在門板與牆壁之間屏住呼吸，如果那個人要下樓，那肯定會關門，這樣我就會被他發現。於是我躡手躡腳地重新下到倉庫，躲在倉庫的一角。噠、噠、噠、噠，我聽見他走下樓的腳步聲。

——砰！

他重重地踩在倉庫的地板上，不知是不是被自己的腳步聲嚇了一跳，他停了一會兒，然後才離開倉庫。

「他是往餐廳去了嗎？」

我先等了一下，然後才緩緩走出倉庫。嘰咿咿！一陣聲音傳來，我趕緊往發出聲音的方向跑去，才注意到廁所與倉庫之間，竟有風從外頭灌進來。我注意到那個人正從廁所與倉庫之間脫逃。走近一看才發現那個背影似曾相識，好像在哪見過。接著砰的一聲，風就沒有再繼續吹進來了。

稍後我將廁所走廊的燈打開，才發現倉庫與廁所之間那個放滿雜物的袋子被搬開，中間出現了一道木門。打開那道木門，便能通往戶外。

我重新回到二樓，打開燈往主臥室走去，因為我認為他肯定把自己拖著走的東西放在主臥室裡。我握住壁櫥的門把，小心翼翼地拉了一下，沒想到門竟一拉就開了。壁櫥裡掛滿了衣服，其中一個角落放了兩、三條棉被，棉被旁邊則放了一個不知裝了什麼的布袋。一看到那個布袋，我瞬間聯想到自己每次聽到那個聲音時所想像的畫面。

「會不會是王老闆誤會了什麼？」

那一刻我有感覺，也許住在這裡的那一家人並沒有離開。雖然沒有證據能支持王老闆的說法，但也沒有證據支持謠言是真的。

「反正再過一、兩天，頂多就是再過三、四天我就會消失，有什麼好怕的，反正我也不需要擔心什麼。」

我決定不再猶豫，伸手打開布袋。

「這是什麼？」

看見布袋裡的東西，我一時愣住，不知該說些什麼。腦海中的恐懼瞬間煙消雲散，取而代之的是一連串的疑問。為什麼？為什麼要把這種東西放在布袋裡，還一直拖著布袋走來走去？

天漸漸亮了，風雨卻絲毫沒有停歇。我徹夜坐在餐廳裡思考。我不斷回想那個眼熟的背影，總覺得我一定知道那是誰，卻始終無法想出一個答案。沒過多久我突然拍著桌子站了起來，我想到了！那個眼熟卻又想不起來的背影是黃部長！絕對是黃部長沒錯！

依王老闆所說，黃部長跟之前二樓的住戶串通好要報復屋主，但黃部長卻背叛了二樓的住戶。好吧，也不能算是背叛啦，就先假設是欺騙他們好了。無論如何，她在二樓住戶消失後，便到處散播這棟房子有怪聲音的謠言，刻意讓房價跌落谷底，最後再自己把房子買下來。照王老闆所說，黃部長的計畫一直很順利。但為什麼黃部長要到二樓拖著布袋走來走去，而且還偏偏選在下雨的夜裡？更讓我疑惑的是，黃部長明明叫我別隨便把餐廳關掉。美容室也是，她一直很擔心王老闆不繼續開店了。在負面傳聞搞垮房價的時候把房子買下來，她的目的應該就算達成了吧？又何必裝神弄鬼嚇我們？

「總之，可以確定謠言肯定都是假的。」

雖不知道黃部長為何要裝神弄鬼，但我可以確定，凶險可怕的謠言不是真的。

「那具珠美跟高同美又為什麼要吵架？」

我不知該說什麼。具珠美與高同美都認為黃友燦會遭遇不測這件事錯在自己。原本是死黨的兩人反目成仇，漸行漸遠，現在變得十分痛恨彼此。

「好吧，現在我有該做的事了，讓她們和好就是我該做的。現在有機會遵守約定了，我來這裡絕對不會白費，是有意義的。」

我答應小雪要隨時在身旁保護她，就連死後都想找機會對她告白，我相信這兩件事，都跟這整個情況有著巧妙的連結。即使無法完成蔥薯羅曼史，即使這道菜永遠無法完成，我還是很高興，因為除了完成這道菜之外，我還能為小雪做其他事。

讓具珠美跟高同美和好如初就是我的責任，因為只有這樣，高同美才能幸福。跟曾經最要好的朋友反目成仇，還有什麼比這更不幸的呢？

我開始建立計畫。沒剩多少時間了，為了不必要的失敗，我需要具體且縝密的計畫。

「我必須讓具珠美跟高同美看到，下雨天時，黃部長會來二樓拖著布袋走來走去的模樣，然後再把王老闆告訴我的事情說給她們聽。」

我搜尋了天氣預報，發現明天下午還會下雨。我配合學校的放學時間，到高同美家的巷口去等她。

「我也正好要去找妳，我有些事情想問妳。」

我跟高同美一起走到她家附近一棵大樹下的長椅。這張椅子非常破舊，我甚至懷疑我們能不能安全坐在上面。但我還是小心翼翼地選擇其中一邊坐了下來，高同美則坐在長椅的另一側。

「我都知道。」

我冷不防地說。

「什麼？」

「妳每次來約定食堂說要去廁所，其實都不是去廁所。」

「妳怎麼知道的？」

我還以為她會試著否認，沒想到竟立刻承認了。

「妳在找能上二樓的地方吧？找到了嗎？」

「沒有。」

高同美眼睛睜得很大，似乎是很訝異我對她的意圖一清二楚。

「我知道在哪，我找到從餐廳上二樓的樓梯了。」

「妳上去過了嗎？」

「沒有，太可怕了，我一個人不敢上去。其實啊……每到雨天，二樓就會傳來奇怪的聲音，像是有人在拖東西的聲音。」

「真的嗎？」

我的坦白讓高同美非常激動，彷彿隨時都會哭出來。

「就算真的跟妳講的一樣，是黃友燦他們一家人有誰跑回來好了，但大半夜外面又下雨，要我一個人上二樓真的很可怕。所以說啊，妳要不要跟我一起上去看看？」

高同美沒有回答。

「妳不是不相信謠言嗎？妳相信黃友燦他們一家人只是離開這裡而已吧？那妳應該

不會怕啊。下一次下雨的時候就來餐廳吧，要趁晚上有下雨的時候。」

說完我便起身離開。

見過高同美之後，我又到具珠美家去了一趟。但因為怕遇到具珠美的媽媽，所以我在她家附近繞了好幾圈。

「阿姨，妳怎麼會來這裡？我媽媽看到會生氣喔！」

有人從身後拍了拍我，轉身一看，發現是東燦。他穿著跆拳道服，一邊吃著冰棒。

「你姊姊在家嗎？如果在的話，可以幫我叫她一下嗎？」

東燦搖了搖頭，露出有些為難的表情，嘴裡不斷重複說著「被媽媽知道會完蛋」之類的話。

「這件事對你姊姊很重要。」

一說是對具珠美來說很重要的事，東燦便要我等一下，然後趕緊跑回家去叫姊姊。沒過多久，具珠美便從家裡走出來。她一看到我便立刻抓住我的手腕，一邊跑一邊說：「阿姨，妳瘋啦？被我媽媽知道，她會報警抓妳的！」

「我找到通往二樓的樓梯了。」

一聽我這麼說，具珠美立刻停下腳步。

「下一次再下雨的時候，妳晚上就來餐廳一趟吧。過來我們一起上二樓。要在雨天才會聽到聲音，所以一定要在下雨的晚上過來。」

我幾度強調要在下雨天的晚上過來。

「妳上去過二樓了嗎？」

具珠美的臉色變得十分蒼白。

「我跟高同美都決定要上去看看。」

「同美嗎？」

具珠美咬著下唇，沒有立刻答應說會來，似乎是有些猶豫。

「我看氣象預報說明天會下雨，妳一定要來。不過，被妳媽媽發現的話可能會很麻煩，所以妳記得找個藉口騙她一下。」

說完，我便離開了。

約定食堂

雖然氣象預報說下午才會有雨，但一早外頭就開始下起了雨。而且隨著時間推移，越下越大。午餐時間，黃部長頂著狂風暴雨來到餐廳。

「一切都還好吧？」

「妳希望發生什麼事嗎？什麼事都沒有。」

我一臉平靜地看著黃部長。

「那就太好了。我是擔心妳不想做了。那點謠言真的不算什麼！說什麼這棟房子裡面藏有屍體之類的，真的只是謠言而已啦！當然，謠言也有可能是真的就是了。老闆娘！妳真的都沒有聽到二樓傳出過任何聲音嗎？」

「不知道，我睡覺都睡得很熟，不太容易醒來。」

要是我說有聽到聲音，今晚可能就不會發生任何事了。那可不行，今天黃部長一定得出現在二樓，一定得把壁櫥裡的那個布袋拿出來，拖著它在二樓走來走去。

黃部長看起來有些洩氣，我也多少能看出她心裡在想些什麼。她希望我說有聽到二樓傳出怪聲、我怕得要死、這棟房子裡應該真的藏有屍體、房子被詛咒可能是真的、我要把餐廳關了這一類的話。然後她會假好心地勸我說，哎呀，老闆娘，那謠言又不見得是真的，妳再多撐一下啦。她必須製造怪聲，再不時來提醒我外頭的謠言，我才會相信這棟房子真的有鬼。畢竟她在我開業第一天就上門，跟我說這棟房子有非常可怕的謠言。後來她又怕我忘記謠言，時不時便來餐廳提醒我，再裝出一副希望社區能更加活絡的態度，要我別被謠言打倒，希望餐廳能在這長久經營下去。她肯定也是用這招對付美容室老闆。就像黃部長會來餐廳二樓拖拉布袋製造怪聲一樣，她肯定也在美容室做了一些奇怪的事。我看著黃部長。王老闆知道自己不惜放棄新人生也要尋找的愛人，竟然投胎成黃部長，不知道該有多絕望？雖然我跟王老闆不熟，但他看起來是個心思細膩、脆弱，從來不曾做過任何壞事的人。我似乎能理解王老闆看見黃部長如此貪婪時的心情，竟令我忍不住鼻酸。

「我要祕密武器三人份。」

「我今天不營業。」

「為什麼？」

「今天是公休日。」

「妳還有公休日啊？」

「當然有。對了，漂亮美容室好像真的歇業了，那以後妳要去哪裡做頭髮？」

「不是說人沒了牙齒也不會活不下去嗎？大馬路上還有一堆美容室，就從裡面選一間囉！是王老闆沒福氣，他要去哪裡找像我這種三天兩頭上門消費，幫忙做業績的人啊？」

動不動就衝進來要找王老闆的黃部長已不復見。一說起王老闆，黃部長臉上的表情竟然顯得輕鬆又自在，彷彿像在慶幸目的終於達成一樣。

「美容室是不是發生了什麼事啊？我聽王老闆說，好像發生了一些怪事。」

「什麼事？」

瞬間，黃部長變得有些緊張。

「我也不太清楚，王老闆沒有說得很詳細。」

聽我這麼一說，黃部長立刻放鬆了下來。她換上一副冷漠的口吻，說以前美容室確實發生過一些事，不過王老闆肯定是為了把店收起來才隨便拿這個來當藉口。

看著黃部長穿過前院離開餐廳的背影，我開始好奇，接受萬狐提議的人當中，真的有人如願以償嗎？不管怎麼想，都覺得應該沒有。畢竟他們找到的對象，都已經變成另一個人了。

但我的失落感還是沒有王老闆那麼強烈。

雖然高同美喜歡黃友燦這件事讓我很嫉妒，而且高同美過得跟小雪一樣可憐，也讓我覺得很難過，但我還是很感激小雪投胎成高同美。

到了下午，雨勢逐漸趨緩，我很擔心這樣晚上就不會再下雨了。原本令人感到壓迫的天空，隨著烏雲散去之後逐漸變得開闊。拜託、拜託，請下雨吧！我在心裡乞求。沒想到沒過多久，太陽竟冒出頭來，把我的心都給曬乾了。一直到了晚上，我殷殷期盼的雨才再度降臨。

撐著紅傘的具珠美率先抵達，身旁還跟著臉上滿是淚痕的東燦。具珠美打了東燦的頭，沒好氣地說要是被媽媽發現，那絕對都是東燦害的。她進到餐廳裡坐下，再一次提醒東燦，今晚不管看到什麼都一定要保密。「你下輩子要是再投胎為人，千萬別再來當我弟弟，真的煩死了，我不想再跟你一起生活。」具珠美不滿地說。但看到東燦並沒有被姊姊的話動搖，我竟忍不住笑了出來。具珠美肯定不知道，東燦有多麼擔心她這個姊姊。有東燦這個弟弟，真的是她最大的福氣。而且無論她下輩子會不會跟東燦相遇，到時他們也都會是陌生人了，不會再記得現在的事情。

「你最好答應我，絕對不要再投胎來當我弟弟。」

具珠美斜眼看著東燦，一副不從東燦嘴裡得到回答不罷休的模樣。

「我一定要保護妳啊，不跟妳來不行啦。」

東燦堅定地說。

「現在做的約定，死後就沒用了。你們這一輩子，都要重視你們活著時候所做的約定。在我看來，東燦你一定要好好跟著姊姊，好好保護她。」

聽完我說的話，具珠美很不情願地皺起眉頭。

沒過多久，高同美也來了。具珠美一看見高同美進到餐廳，就轉過身刻意不理會她。

我關掉餐廳的燈，帶著三人進到房裡，並叮囑他們上二樓時需要注意的事情。上樓梯時必須避免發出任何腳步聲，不管發生什麼事，都絕對不要打開二樓的燈。因為一開燈，黃部長就會看見具珠美跟高同美的臉，這樣她們以後可能會有危險。還有當我發出下樓的訊號時，就要趕緊下到一樓進到餐廳，看看是誰從二樓下來。

夜越來越深。東燦已經沉沉睡去，具珠美與高同美背對背坐著，動也不動。她們之間就像隔著一道厚實的冰牆，再高溫的火都無法將其融化。在那道冰牆的兩端，瀰漫著難以言喻的緊張感。

「妳們兩個真的很好笑。」

為了消除這股緊張感，我決定開個話題。她們兩人同時看向我。

「只是因為區區一個男生，有必要這樣跟朋友反目成仇嗎？」

具珠美跟高同美惡狠狠地瞪著我，雙眼彷彿要噴出雷射光，我瞬間意識到自己犯了大錯。這股緊張感太令人窒息，我只是想緩解一下氣氛，偏偏說錯了話，這張嘴真的很要命。我知道對她們兩個來說，黃友燦才不是「區區」一個男生。雖然時間一久，他或許會變得微不足道，但那個時間點絕不會是現在。對現在的具珠美與高同美來說，黃友燦有如一座高大的山，巨大到完全無法忽視。而無法忘記小雪，甚至願意放棄新人生追到這裡來的我，也確實不該說這種話。

「抱歉，我不該這麼說。」

我趕緊道歉。就在這時，二樓傳出了聲音。唰——唰——唰——，那是拖著布袋走來走去的聲音。

「走吧。」

我起身領在前頭，她們兩人互看了對方一眼，猶豫了一會兒便也跟著起身。轟隆隆！轟！外頭又是閃電又是打雷，但我沒有退縮。我帶著她們走出房門，來到樓梯所在的倉庫。她們兩個貼著彼此，緊緊跟在我身後。三人一起爬上狹窄的階梯，距離近到我們都能聽見彼此的呼吸。我屏住氣息，具珠美跟高同美也模仿我。

我們來到二樓，看見黃部長正拖著布袋在客廳裡遊蕩。這時，有人握住了我的手，不知道是具珠美還是高同美，只知道那隻手緊張到冒了許多汗。

在客廳裡來回晃了幾趟，黃部長便往廚房走去，繞了幾圈之後又進到小房間。

「那、那、那是鬼嗎？」

具珠美剛低聲說，高同美就立刻摀住她的嘴。

沒過多久，黃部長從小房間裡走了出來，繼續在客廳裡遊蕩。

——轟隆隆！轟隆！

「下去吧。」

趁著打雷，我低聲吩咐具珠美跟高同美。我打算等她們下樓之後，就把二樓的燈打開，再一把揪著黃部長的衣領，把她帶到一樓去。這樣待在餐廳裡的兩人就會看見我跟黃部長一起走下來。

就在這時，一道亮光照亮了在客廳裡來回走動的黃部長，光源是高同美的手機。

「快拍！」

高同美對具珠美說。

「嗯？好。」

咔嚓！具珠美拍下黃部長的身影。我有些慌張，趕緊把具珠美與高同美往樓梯方向推一下，意思要她們趕快下樓。確定她們下樓之後，我便打開門旁的電燈開關。

黃部長愣在原地，一動也不動地看著我，我也一言不發地看著她。稍後，黃部長對我伸出手，叫我交出證據。

「什麼？」

「妳不是拍照了嗎？把照片刪掉，我們好好談談。只要妳不講出去，我願意支付相應的代價。妳在這種陰森的地方開餐廳是能賺多少？到其他地方去開店吧，妳的手藝這麼好，到其他地方開店肯定會大賣。」

我什麼也沒說，只是轉身走下樓梯，黃部長也跟著我下樓。我要她先離開，等天亮了再來談。黃部長以為我這是在跟她妥協，點點頭表示同意，便從倉庫跟廁所中間的小門離開了。

「那個阿姨為什麼會在二樓走來走去？」

「應該有她的原因吧。」

高同美回答具珠美的問題。

我把倉庫跟廁所之間的木門鎖好之後，帶著她們兩個回到房間，並查看了具珠美拍下的照片。照片清楚拍到黃部長雙眼圓睜的模樣，雖然背景不太清楚，但仔細看，還是能看出是在二樓。

「妳們居然用我沒想到的方式留下了證據，我其實只是想告訴妳們二樓案件的真相而已。妳們真的沒有錯，完全不需要受到良心的譴責，也不要埋怨對方。」

「那個阿姨跟犯人有什麼關係啊？他們是共犯嗎？」具珠美問。

「不管我說什麼，妳們都不要嚇到喔。」

我把從王老闆那聽來的事情，一五一十地轉述給她們聽，她們兩個似乎大受打擊。

「最重要的是，黃友燦的事情不是妳們的錯，妳們也不要覺得喜歡黃友燦是一件很丟臉的事情，聽得懂我的意思嗎？」

不知為何，我竟然開始替黃友燦解釋。心裡雖然有些不是滋味，但這的確是事實。

「對啊，友燦哥哥很善良。」

東燦突然出聲，乍聽之下好像在說夢話。

「那個阿姨手上拖的東西是什麼？」具珠美問。

「假人模特兒。她把假人模特兒拆開來裝在袋子裡。打開袋子後如果沒仔細看，很可能會誤以為裡面是真的人。既然現在有明確的證據了，那看是要報警還是怎樣的，應該要處理一下。啊，具珠美，把這件事告訴妳媽媽，她應該會立刻幫忙解決。」

我對具珠美說。

「阿姨，妳不去報警喔？」

「我……該離開了。我突然有點事，不得不走了。唉！想想真的覺得很冤枉耶！現在這棟房子的謠言終於有機會澄清，我可以好好做生意，偏偏我得離開了。應該明天或後天我就會走了。具珠美、高同美，妳們兩個聽好，妳們要好好相處，趁著還能好好相處、還能相視而笑、還能喜歡彼此的時候，不留遺憾地玩在一起、不留遺憾地歡笑、不留遺憾地喜歡對方。」

說著說著，我都想哭了。

送走具珠美、高同美與東燦後，我獨自坐在餐廳裡等天亮。手掌心上的印章痕跡不多不少，剛好就只留下一條細線。

雖然天已經亮了，但雨依然沒停。我穿梭在房間、廁所與餐廳之間，開始清除我曾經待在這裡的痕跡。我把被子折整齊放回原本的位置，把廁所的門跟窗戶都鎖上，再把餐廳裡的椅子全部靠到桌子底下。最後我來到廚房，打開冰箱打算好好整理一下。就在這時，我聽見有人開門進入餐廳的聲音，走進來的人是具珠美跟高同美。

「今天不用上學嗎？」

「今天是星期六。我媽媽剛剛去警察局了。」

「我發現冰箱裡還有一些食材，打算做一點祕密武器，妳們也來吃吧。」

具珠美和高同美並肩坐在桌邊。

「我們兩個又變成好朋友了。」

具珠美說完，高同美便露出微笑。

我把要放入祕密武器的食材切碎，然後加熱融化奶油。接著倒入牛奶，牛奶煮沸後再加入麵粉攪拌。等麵粉完全溶解後，我將麵糊鋪平在平底鍋裡，再放入大量備好的食材。這是我最後一次做祕密武器了，等這段寶貴的時間過去，祕密武器跟我都會消失。

「對了，阿姨，上次我吃了妳做的蔥薯羅曼史，我好像突然有一個不錯的想法。妳今天要試試看嗎？」

具珠美問。

「妳說來聽聽。」

「蔥要用滾水燙過，但燙的時間長短很重要。不能把蔥燙得太爛，但也不能太快起鍋，因為這樣味道會太重。妳試試看吧！」

我把水煮沸，要具珠美來試試看，沒想到她竟然要我自己動手。

「是妳想改良食譜的吧？妳自己來啦！」

我有些無奈，但也只能聽她的。我先把蔥放進滾水裡，用木杓攪拌了一下就想起鍋，具珠美卻抓住我的手說「還要再一下」。我放下木杓，開始處理尚未完成的祕密武器，沒想到具珠美又大聲叫我趕快把蔥撈起來。蔥起鍋之後，她指示我用冷水沖一沖，沖過後把水分擠乾再切碎。她還真是會使喚人。

「妳很會做菜喔？」我問具珠美。

「沒有，我手藝超爛，我連泡麵都不會煮。」

「是喔？那妳這個食譜真的能用嗎？」

「阿姨，妳不相信我喔？好吧，妳不相信我的手藝也沒關係，但妳可以相信我的靈感。」

我呆呆看著具珠美，因為這是小雪常說的話。

「采宇哥，你不相信我喔？那就相信我的靈感啦！」

具珠美要我把切碎的蔥花加油拌炒，油的溫度不能太高，所以她指示要用小火。因為這樣蔥才會甜，更適合跟馬鈴薯配在一起吃。

「這食譜是妳從哪看來的啊？」

「我不是從哪看來的，是突然想到的。像有人敲了我的腦袋一下，我就突然有了靈感。我覺得這似乎是很久以前就存在我記憶裡的食譜。我本來也不太確定，但看妳實際做了之後，我發現跟我想的一樣。」

我看著具珠美。她的語氣一直讓我覺得有些尖酸刻薄，跟小雪溫柔熱情的態度截然不同，可是我卻一直聯想到小雪。我到底在想什麼，怎麼會有這麼誇張的想法？我甩了甩頭。

「好奇怪喔！我覺得我以前好像也遇過這種我站在旁邊，指使別人去做事的情況。

難道我上輩子是廚師嗎？」

具珠美轉頭問高同美。

「唉，我本來決定從現在開始，妳說的話我都要無條件同意，但妳說妳上輩子是廚師這件事，我真的不能同意。我覺得不是，因為我之前吃了妳煮的泡麵後，我覺得自己的忍耐力真的很強，但也知道忍耐力是有極限的，妳以後不要再碰料理了。人不管投胎幾次，有些事情不會變就是不會變，我相信妳上輩子一定也是個不會煮泡麵的人。」

高同美說。

「是嗎？可是我現在腦中一直浮現一些畫面耶，這裡面是什麼啊？哇！好香喔！妳加了炒過的黃豆粉對吧？」

具珠美切開祕密武器邊吃邊說。我驚訝地看著她，因為祕密武器裡那個只有我跟小雪才知道的祕密食材，就是炒過的黃豆粉。這件事沒有人知道，是我跟小雪的祕密。

「啊！」

這時，我突然覺得胸口一陣刺痛，雙腿也開始發軟。我看了看手掌心，發現印章的痕跡完全消失了。

「我該走了。差點都忘了，我得趕快離開，廚房就拜託妳們收拾了。」

我趕緊離開餐廳。具珠美跟高同美好像對我說了什麼，但我沒時間聽了。我站在院子裡，看著整間餐廳。因為正在下雨，所以我看不清室內的情況。

我的腳越來越沒力，只能趕緊轉身離開。我不知道自己來這裡到底對不對，也不太確定我是否真的獲得了在大海中撈到針的奇蹟。

就在我快走出巷子的時候，我感覺自己飄了起來，然後我看見撐著雨傘往約定食堂走去的東燦。幸好，具珠美身旁還有東燦。

離開巷子，我的身體越飄越高，意識也越來越模糊。蒽薯羅曼史可以說是具珠美完成的。不對，她那麼不會做菜，哪可能完成這道料理？蒽薯羅曼史最後依然是道未完成的料理，但反正具珠美也不需要蒽薯羅曼史了，沒完成也沒關係。

「要走了嗎？」

萬狐出現在我面前。

「出現在即將消滅的靈魂面前，已經違反了我們那個世界的規定，但我實在是太擔心你了。你很後悔接受我的提議吧？對不起。」

「不，我不後悔。我雖然不後悔，但王老闆應該很後悔。你知道王老闆吧？我跟你說，萬狐。我希望你下次跟別人提議，要他們拿新人生跟你交換的時候，一定要告訴他們：『在曾經生活過的那個世界盡力過就好了。』雖然我這麼說，但這不代表我後悔了喔！」

「你找到那根針了嗎？」

萬狐問。我也不知道那到底是不是我要找的那根針。我只知道小雪沒有完全忘記我，她偶爾會突然想起跟我共度的時光，只是她不知道那是曾經跟我一起創造的回憶。

「總之，我不後悔來到約定食堂，謝謝你。」

萬狐的身影越來越模糊，他徹底消失的那一刻，我也停止了思考。

《九尾狐餐廳2》

創作筆記

推薦詞

創作筆記

「來生再見吧。」

想必每個人都曾說過這句話。即使沒有真的說出口，肯定也在心裡想過。當一個人認為現在自己能為對方做的遠遠不夠、現在這個情況遠遠超出人類的能力範圍，或是在面臨離別的時候，都有可能說出這句話。有時候我們甚至會拿這句話來開玩笑。這可能是真心的，也可能是為了逃避責任。

來生真的存在嗎？沒有人知道。雖然沒人知道，卻還是會做出這樣的承諾。

我曾經有個大我兩歲的姊姊，但我就連她曾經存在過都不記得。這個大我兩歲的姊姊，在她四歲的那一年因為肺炎而去世。姊姊跟我同時得了肺炎，最後只有我活下來，而姊姊離開了。聽說爸爸很疼愛姊姊，所以姊姊去世後，他把姊姊葬在後山的山腳下，然後每天都會帶著姊姊喜歡的蒸馬鈴薯去看她。不過從某天開始，爸爸卻突然不再去看她了。據說是因為那天，有一隻鳥停在枝頭，在爸爸靠近的時候，突然拍拍翅膀要起飛，害爸爸嚇了一跳。從那之後，爸爸就沒再去看過姊姊了。這是在我長大之後才聽說的事。以前爸爸無論晴雨都一定會上山，媽媽說他後來不再去探望姊姊，肯定是因為把那隻鳥當成姊姊了，那個拍翅膀驚嚇到爸爸的行為，就像是在趕他走一樣，讓爸爸心裡很難過的關係。每當媽媽這麼說的時候，爸爸總是靜靜看著陽台不發一語。

我還有一個大我五歲的哥哥。他很有才華，做事也很果決。爸爸相信，哥哥這麼有才華，做父親的實在幫不上什麼忙，所以很少去關心哥哥，相信他都能自己做得很好。私底下的他總以哥哥為傲，只是他心中最引以為傲的哥哥，後來也因病去世了。替哥哥舉辦告別式的那三天，爸爸從來沒有好好坐下休息。從我們家搭大眾交通工具去醫院附設的告別式會場，大概需要一小時的時間。爸爸總是時不時就說要回家一趟。一下子說要去拿毛巾，一下子說忘了拿藥，一下子又說要拿孫子的點心。走出醫院的大門之後，爸爸垂頭喪氣的背影，至今仍清楚印在我的腦海中。

歲月流逝，爸爸也去世了。媽媽說，爸爸一定是先離開，去找在那邊等他的哥哥和姊姊了。我記得爸爸曾經對哥哥和姊姊說過，希望來生要再相見，要把沒能為他們做的事情都做一遍。送別的時候，他這樣承諾他們。爸爸究竟有沒有遵守約定？我也不知道。

寫《九尾狐餐廳2：約定的蔥薯料理》的時候我很苦惱。苦惱要不要描寫一顆迫切渴望的心感動了天，來一場命運般的重逢。想必這樣能為活在當下，卻期待著未來的人們帶來一些安慰。我一直有這樣的想法。但最後我還是決定，與其寄託未知的來世，不如把握手中的現在、把握眼前可見的當下，才是最好的選擇。

我們必須守約，為了遵守約定，才會做出約定。既然這樣，我們就不該寄託未來，而是應該當下就盡全力實現約定。我們該做的，是現在就能實現的約定。即使做得不夠好、不夠完美，只要是為了遵守約定而竭盡全力，那就夠了。

我的父親曾經抱著剛出生的孩子，為了孩子的未來做出許多承諾，可是時間卻沒有等他，讓他一一遵守眾多約定。但在有限的時間裡，他已經盡了全力。即使他覺得這樣還遠遠不夠，他依然盡了全力。所以即使他的願望沒有實現，我也不覺得那是一件悲傷的事。

收到《九尾狐餐廳2：約定的蔥薯料理》封面插畫的那天，我十分激動。感覺這世上的某處，肯定會有一間餐廳跟畫中的「約定食堂」一模一樣，也肯定會有跟「漂亮美容室」一樣的地方。

也許人真的有來世也說不定。也許這世上真的有萬狐也說不定。也許真的會有人像采宇、像王老闆一樣，意外獲得機會也說不定。如果真的有這種機會，那比起戰戰競競地為實現約定而努力，不如與眼前那個記憶中的人，一起創造全新的回憶。

朴賢淑

推薦文

在這個世界上所做的約定，就在這裡實現吧。
因為這些時間就是你所擁有的全部。

每個人一生都會做很多約定。有時候我們會做一些無法遵守，或者說不會遵守的約定。

小雪不能吃加了蔥的馬鈴薯，而主角采宇答應她，要為她做出沒有蔥味的「蔥薯羅曼史」。他甚至為了遵守一定要保護小雪的約定，願意放棄陰間賜予他再次投胎為人的機會，選擇保有記憶重新回到陽間的短暫生命。他沒能意識到，上天給予他的時間早就已經用完了。

繼《九尾狐餐廳：牽絆的奶油料理》之後，朴賢淑作家再次藉著《九尾狐餐廳

2：約定的蔥薯料理》體現她個人的時間哲學。在「九尾狐餐廳」裡，她藉著「如果你只有一個星期的時間，你會做什麼？」這個問題，來提醒人們時間的寶貴；在「約定食堂」裡，她說人在這一輩子所做的約定，就該在這一輩子實現，這都是因為「現在的這些時間就是你所擁有的全部」。都是一些看似平凡無奇，卻如雷貫耳的金句。

如果你曾經有過似曾相識到令你驚訝的經驗，那也許是你恰好想起了已經被你遺忘的前世記憶。如果你能一邊讀這本書一邊回想那段記憶，並再次提醒自己這一生務必要遵守的重要約定，那這段時間肯定會成為前所未有的寶貴經驗。

河美正（音譯）

（石湖國中升學就業部長）

九尾狐
餐廳
牽絆的
奶油料理
朴賢淑——著
張雅婷——譯
比死亡更令人害怕的，
是留下遺憾。
韓國獲獎無數的小說作者——朴賢淑
展現說書人的魔力！
《大田日報》
新春文藝大賽獲獎
第1屆 Salrim
兒童文學獎大賞
意外往生的主廚和男孩與九尾狐交易，得到重返人間的機會。
只能待在餐廳不能外出的49天內，他們要怎麼吸引思念的人上門，完成生前遺願？
讀小說
02
九尾狐餐廳
牽絆的奶油料理
朴賢淑——著
張雅婷——譯
大樹林

國家圖書館出版品預行編目(CIP)資料

九尾狐餐廳. 2, 約定的蔥薯料理／朴賢淑著；
陳品芳譯. -- 初版. -- 新北市：大樹林出版社，
2023.11
面； 公分. --（讀小說；3）
ISBN 978-626-97562-6-1（平裝）

862.57 112013957

系列／讀小說 03

九尾狐餐廳 2：約定的蔥薯料理

原 書 名／구미호 식당 3
作　　者／朴賢淑
翻　　譯／陳品芳
總 編 輯／彭文富
編　　輯／王偉婷
校　　對／李潔希
排版設計／菩薩蠻數位文化有限公司
封　　面／張慕怡

出 版 者／大樹林出版社
營業地址／235 新北市中和區中山路二段 530 號 6 樓之 1
通訊地址／235 新北市中和區中正路 872 號 6 樓之 2
電　　話／(02)2222-7270　傳真／(02)2222-1270
網　　站／www.gwclass.com
E-mail／editor.gwclass@gmail.com
FB 粉絲團／www.facebook.com/bigtreebook

大樹林學院
Line 社群
微信社群

總 經 銷／知遠文化事業有限公司
地　　址／222 深坑區北深路三段 155 巷 25 號 5 樓
電　　話／(02)2664-8800　傳真／(02)2664-8801
初　　版／2023 年 11 月

定價：350元　港幣：117元　ISBN/978-626-97562-6-1